Anita, une fille numérotée

Claude Jasmin

Anita, une fille numérotée

roman

Catalogage avant publication de Bibliothèque et Archives nationales du Québec et Bibliothèque et Archives Canada

Jasmin, Claude, 1930-

    Anita, une fille numérotée

    ISBN 978-2-89261-750-4

    I. Titre.

PS8519.A85A84 2013   C843'.54   C2013-940097-4
PS9519.A85A84 2013

Les Éditions XYZ bénéficient du soutien financier des institutions suivantes pour leurs activités d'édition :
– Conseil des Arts du Canada ;
– Gouvernement du Canada par l'entremise du Fonds du livre du Canada (FLC) ;
– Société de développement des entreprises culturelles du Québec (SODEC) ;
– Gouvernement du Québec par l'entremise du programme de crédit d'impôt pour l'édition de livres.

Édition : Marie-Pierre Barathon
Conception typographique et montage : Édiscript enr.
Montage de la couverture : René St-Amand
Illustration de la couverture : *Anita*, aquarelle de Claude Jasmin, 2013
Photographie de l'auteur : Martine Doyon

Copyright © 2013, Claude Jasmin
Copyright © 2013, Les Éditions XYZ inc.

ISBN version imprimée : 978-2-89261-750-4
ISBN version numérique (PDF) : 978-2-89261-751-1
ISBN version numérique (ePub) : 978-2-89261-752-8

Dépôt légal : 1er trimestre 2013
Bibliothèque et Archives nationales du Québec
Bibliothèque et Archives Canada

Diffusion/distribution au Canada :
Distribution HMH
1815, avenue De Lorimier
Montréal (Québec) H2K 3W6
www.distributionhmh.com

Diffusion/distribution en Europe :
Librairie du Québec/DNM
30, rue Gay-Lussac
75005 Paris, FRANCE
www.librairieduquebec.fr

Imprimé au Canada

www.editionsxyz.com

Le pays de notre jeunesse a sombré
en emportant dans son naufrage
tant de destins restés anonymes.
[…]
… un de ces remords fidèles qui reviennent,
notre vie durant, sans obtenir de pardon.

Andreï Makine,
Le livre des brèves amours éternelles

Les sources d'un écrivain,
ce sont ses hontes.

Émil Michel Cioran

1

La peur de la folie

Ce soir-là, je m'étais endormi sur le vieux chesterfield du salon. Le bruit lancinant des tramways, incessant rue Saint-Denis, me fait souvent cet effet de somnifère. Ici, c'est une pièce double ; de l'autre côté du rideau, ce qui était notre salle à dîner, avant la venue au monde des cadets, est devenu la chambre de mes parents. Il y a une longue portière de tissu fleuri entre les deux pièces.

Quand je sors des bras de Morphée, j'entends maman et papa qui se parlent à voix basse. «Je peux pas croire que tu songes à faire enfermer la petite ! Te rends-tu compte, Germaine, la benjamine se retrouvant à l'asile de fous avec mon cousin Rosaire et ma cousine Laurette ? Te rends-tu bien compte ? »

Il y a quelques années, le cousin Rosaire, surnommé «Bombarde » – déformation du mot «guimbarde » dont il jouait –, a voulu assassiner sa mère. Avec une hache ! Sombre drame à quatre rues de chez moi, dans le hangar où ma tante Elvina ramassait du charbon.

Rosaire fut aussitôt interné à l'asile de Saint-Jean-de-Dieu. Enfermé à jamais, le pauvre Rosaire ! On parle rarement de lui à la maison. Un lourd secret, un tabou. *Il n'y a pas de fou dans notre famille !* C'est à voix basse que papa l'évoque quand il ne peut pas faire autrement. Un an plus tard, la cadette de Rosaire, la cousine Laurette, sombrait aussi. Attaque, au couteau cette fois, toujours sur notre pauvre tante Elvina, sa mère. Qui était aussi notre dévouée agente pour les assurances. Comme son frère, la cousine Laurette fut internée dans ce même asile à l'extrémité est de la ville.

Et encore plus de honte dans notre clan, nouveau tabou.

«Quoi faire avec Marise, mon pauvre Édouard? Faut regarder les choses en face, notre Marise est devenue de plus en plus… euh… une simple d'esprit. Tu as bien vu son dernier bulletin de notes. Un désastre, et en septembre, elle devra reprendre son année scolaire pour la troisième fois à Sainte-Cécile. Elle est devenue la risée de son école.»

Moi aussi, comme Marise, je venais d'échouer lamentablement. En mathématiques, aux examens de fin d'année de mon chic collège de la rue Crémazie. Quinze jours plus tôt, mes parents avaient reçu une lettre des autorités du collège des Sulpiciens : *Votre fils, Claude, même s'il se rend aux reprises du mois d'août à l'université, ne sera pas réadmis à notre collège. Il est devenu un élève indésirable.*

Indésirable! Ce mot m'avait assommé net, humilié. Ma mère avait pleuré, je ne deviendrais donc pas un professionnel, «un avocat». Son rêve. Papa avait tenté de la consoler : «Pleure pas, Germaine, je vais lui dénicher une bonne école technique, tu vas voir ça.»

Dans la noirceur du salon, je restais interloqué. Ils vont mettre ma petite sœur à l'asile? Elle finira son existence dans une cellule comme Rosaire et Laurette? Je jugeais mes parents insensibles, cruels. Marise n'était pas folle du tout.

Évidemment, son effrayant retard à la petite école de la rue de Gaspé faisait montre d'une grave défaillance intellectuelle. Devoir tripler sa quatrième année indiquait un problème indubitable mais, à mes yeux, la benjamine faisait preuve souvent de bon sens, et même d'un esprit délié en certaines occasions. Elle ne m'apparaissait pas démente, pas du tout.

Le ton vient de monter à son propos. Le désarroi de mes parents m'angoisse. Je me lève, file vers ma chambre. J'entends ma mère qui pleure très fort et c'est la première fois. Je suis mal, très énervé. Je referme la porte de ma chambre. À cette heure-là, mon petit frère Raymond dort dans notre grand lit depuis longtemps. J'allume la lampe sur mon petit pupitre où est ouvert ce maudit César, *La guerre des Gaules*; devoir traduire un nouveau chapitre en latin? De toute façon, je n'ai plus sommeil...

Marise internée? C'est à mon tour de sangloter. Raymond, qui a le sommeil léger, se réveille. « Pourquoi donc que tu pleures? » Je dis: « Ils veulent mettre la p'tite à l'asile des fous. » Raymond grogne. Se rendort vite. Inquiet, je jongle, mon père va-t-il me faire entrer dans une école de mécanique, ou dans une école de maçonnerie? Moi, le caricaturiste du collège, je rêve d'aller apprendre le dessin à l'École des beaux-arts. Et mon père a dit et répété: « Ah, non, mon p'tit garçon! Jamais!

Veux-tu devenir un de ces vagabonds du bas de la ville, un de ces artistes qui crèvent de faim ? »

Je le déteste.

2

Le champ du potier

Mon père m'a finalement déniché une école de métiers, l'École du meuble, fondée par un ex-diplômé de la célèbre école Boulle, de Paris, Jean-Marie Gauvreau. L'École du meuble est devenue une sorte de rivale de l'École des beaux-arts. Encouragé par mon père, j'y ai choisi la céramique. «Tu vas aimer ça, il y a des cours de dessin et de peinture en plus du cours de céramique.»

Dès la première semaine, on nous prévient: «Demain matin, tôt, départ pour la cueillette de glaise.» Pas trop musclé, on m'a tout de même accepté parmi les plus forts, même si je suis le dernier choisi. Il n'y aura qu'une fille, Anita, qui a beaucoup insisté pour faire partie du groupe des creuseurs. Normandeau lui a dit: «Bon, d'accord, mais si c'est trop dur, vous tiendrez ouverts les sacs de jute.»

Pour moi, ex-étudiant de latin et de grec devenu apprenti potier, c'est un monde nouveau. «Apportez des bottes et des gants de travailleur.» Dire que j'allais au collège en uniforme propret, blazer bleu, pantalon gris. Apporter des bottes?

Nous voilà donc, en ce matin de début d'année scolaire, à la porte du 42, avenue des Pins. Sous un crachin dense, nous attendons la camionnette du concierge. Il fait un temps de cochon, le ciel est d'ardoise, bouché, pas une seule lueur de vraie lumière. Sauf les brèves illuminations des éclairs. Nous recevrons bientôt des trombes d'eau. Voici une demi-douzaine de jeunes gens avec des imperméables, des casques de pluie et des gants de forestiers. Puis, près de Dorval, dans un champ, c'est la distribution des pelles à creuser et… «En route!»

Débarquement des jeunes fossoyeurs dans une carrière recommandée pour la qualité de son argile. «Cette terre, dite de Dorval, vous verrez, nous fera une pâte extraordinaire. Au travail!» Sous un ciel de fin du monde, une douzaine de jeunes bras s'activent donc énergiquement pour en finir au plus tôt avec cette corvée lugubre sous un ciel de furie. Je suis étonné par cette fille aux longs cheveux blonds qui manie la pelle comme un gars! D'où sort cette énergumène aux beaux grands yeux bleus?

Dispersés le long d'une petite falaise, nous creusons sans répit pour ramasser à grandes pelletées une glaise d'un vert gris et luisant. Nous glissons parfois, nous jurons, mouillés jusqu'aux os. Malgré ce décor apocalyptique, les sacs de jute reçoivent rapidement notre lourde cueillette, et la camionnette se remplit peu à peu de ce modeste matériau. «L'argile, mes jeunes amis, c'est gratuit, très abondant, il n'y a qu'à se servir, vous voyez? On trouve de la glaise partout, vous savez, vraiment partout. Celle d'ici, avec celle de Sainte-Thérèse, est renommée. On y trouvera peu de déchets d'ordre végétal ou minéral. Elle est assez pure, pas trop acide, pas trop sablonneuse.» Notre prof, Normandeau, malgré un physique apparemment fragile, semble endurer facilement les déversements de pluie. Il circule allègrement parmi nous.

Au loin, on voit les avions de l'aéroport voisin, gros oiseaux blancs dans cet horizon de grisaille. On entend le bruit des appareils géants qui décollent ou qui rentrent au pays.

Enseignant perpétuel, Normandeau nous parle de Sèvres, en France. Sa voix de fausset s'efforce maintenant de couvrir le bruit du tonnerre. Ce cher Sèvres de sa jeunesse étudiante est longuement vanté, il en était revenu avec un diplôme prestigieux. Il nous parle aussi des carrières de kaolin à Limoges : « Le kaolin, mes amis, c'est une glaise blanche, précieuse, indispensable pour la porcelaine. Hélas, on n'en trouve pas par ici, je dois en faire venir du Manitoba. »

Comme mes cinq camarades, je creuse sans relâche. Un des gars, Gilles Derome, me tient grand ouvert un sac de jute que je remplis. Gilles est un compagnon que j'estime, il a de l'humour et vient comme moi du cours classique. Je le questionne : « Qu'est-ce que tu sais de cette drôle de fille qui creuse, là-bas, avec les gars ? » Il la regarde au loin, courbée sur sa pelle, les cheveux dans le visage : « La blonde ? Pas grand-chose, elle vivait en France mais elle serait Polonaise d'origine. » Il lâche son sac et prend ma pelle, c'est son tour de creuser : « Elle se nomme Anita et on m'a dit que c'est une orpheline, une réfugiée de la guerre. C'est tout ce que j'ai appris. Dis-moi donc, est-ce qu'elle t'est tombée dans l'œil ? » Je proteste et Gilles rit, reprend son pelletage.

Les avions vrombissent parfois juste au-dessus de nos têtes et, maintenant, les coups de tonnerre se succèdent dans un vacarme assourdissant. Soudain, c'est vraiment l'orage, la pluie est diluvienne. Le fracas est terrifiant et Normandeau annonce la fin de ce bagne. C'est : « Retour en ville, mes amis, ça suffit, on en a assez pour des mois ! »

Complètement trempés, nous roulons vers l'avenue des Pins, fin du sale boulot donc, nous en sommes plus que soulagés. Forte humidité dans notre habitacle, l'odeur âcre de la glaise remplit le véhicule. La belle orpheline blonde s'est installée à mes côtés et j'en suis tout heureux : « Tu es vaillante, tu n'es pas une fille ordinaire. Bravo ! » Elle a un beau sourire triste, secoue sa tête toute mouillée, sort un grand mouchoir, tente d'assécher ses cheveux et me dit : « Là d'où je viens, il y avait bien pire que de ramasser de la glaise, je te prie de me croire... »

3

Papa déménage son commerce

Au début d'octobre, un samedi matin, congé, et je dois accompagner mon père. Nous rendre à Westmount, à son magasin de chinoiseries qu'il va fermer. Va-t-il abandonner son métier d'importateur? Il ne me dit rien, mon père parle peu.

Jour de grand déménagement donc. Mon père va installer son commerce d'importateur loin, ailleurs. Un loyer trop cher et c'est l'adieu à la chic avenue Greene de Westmount. Il a loué un tout petit local dans ce qui ne se nomme pas encore le Plateau Mont-Royal. Il va ouvrir sa boutique nouvelle avenue du Mont-Royal à l'angle de la rue Christophe-Colomb.

En entrant, avenue Greene, je vois des cartons partout, les tablettes des murs sont vides et deux grandes armoires attendent d'être déménagées. Papa a enveloppé de toiles grises des caisses géantes. Dans l'entrée du magasin qu'il quitte, un long comptoir peint en noir, dans un coin, plein de bibelots importés d'Asie. Au fond de la boutique, des caisses de thé, de café et d'épices.

Un camion va arriver bientôt. Mon père allume sa pipe et soudain: « Dis-moi donc, mon garçon, comment as-tu pu t'amouracher de cette p'tite Juive, cette

17

dénommée Anita, c'est bien ça?» Ah, ma grande sœur Marcelle, la bavarde! Il y revient sans cesse, il y avait déjà fait allusion dans le tramway Saint-Denis. Je lui répète: «P'pa, on choisit pas ça, une attirance, c'est plus fort que tout. J'aime sa voix, une voix grave, comme vieillie, bizarre. On est du même âge et pourtant j'ai l'impression qu'elle a vécu plusieurs vies déjà. Il y a un voile de tristesse dans ses yeux, ça m'attire, on dirait.»

Papa sort une pile de larges feuilles de papier et on enveloppe soigneusement un lot de petits bouddhas de porcelaine, bonshommes ventrus aux sourires épanouis. «P'pa, il y a aussi, tu vas te moquer de moi, que cette Anita admire tout ce que je fais, tout ce que j'entreprends. Aux cours de peinture du prof Félix, elle me répète que je suis le meilleur avec mes gouaches. Aux cours de dessin de Fred Bach, même admiration.»

Papa insiste: «Rien de bon ça, ta p'tite Juive va te monter la tête avec tous ses compliments.» Pour le contredire là-dessus, je lui raconte que Maurice Côté, populaire président des élèves, m'a dit que Borduas aurait adoré ce que je peignais. Que le remplaçant de Borduas, Félix, juge lui aussi mes essais épatants. L'école a congédié Borduas «à cause de ses écrits anti-religieux», m'a dit Maurice. Avec ses meilleurs élèves, Borduas a signé un manifeste très anti-catholique. Je dis: «P'pa, voilà un prof que tu aurais détesté, toi le dévot, grenouille de bénitier, rongeur de balustres.»

Il s'éloigne pour aller envelopper soigneusement des tas d'éventails chinois. «P'pa, le brillant Côté m'a dit aussi: "Mon vieux, si tu avais connu Borduas, un animateur formidable, génial, audacieux. Mis à la porte!

Nous l'aimions tant et ils l'ont chassé comme un chien galeux!"

«Mais je n'ai pas connu ce Borduas et j'aime bien ce Français de France, ce Félix si stimulant, si encourageant. Je le trouve dynamique avec sa grosse voix, ses fréquents éclats de rire. Derrière mon chevalet, il vient souvent me taper dans le dos avec des: "Vas-y, épatant, fonce, c'est bon, c'est très bon!"»

On aime moins notre prof de dessin, ce jeune Fred Bach, un Alsacien timide et très sévère. Mais un jour, il nous a fait voir de ses ouvrages graphiques et il nous a carrément épatés.

«P'pa, récemment, on a voulu lui faire peur et on lui a raconté que nos hivers, c'était l'enfer, avec de la neige par-dessus les fenêtres des maisons, toute vie active bloquée. Que les gens pouvaient rester emprisonnés durant des semaines après certaines tempêtes. Un jour, tanné de nos annonces apocalyptiques, il a dit: "N'essayez pas de m'effrayer, chez moi en Alsace, nous avions de terribles hivers et je devais aller à l'école en skis." Ça nous a fermé le clapet.» Papa a trouvé ça si drôle, qu'en s'esclaffant, il a laissé tomber une figurine de porcelaine.

Je dis à mon père: «Anita est sans cesse élogieuse devant mes modelages, aussi. Mais le professeur Normandeau, lui, est un académique et il n'apprécie guère ce que je fais. Il déteste l'art moderne, et moi je m'inspire d'un sculpteur anglais que tu ne connais pas, Henry Moore. Anita, elle, trouve mon taureau sans tête fameux.» Mon père, ce barbouilleur de jolis paysages, hausse les épaules, il ignore qui est Moore. Il s'en va ranger sur une tablette sa machine à broyer les grains de café importé. Il soulève maintenant une énorme boîte de gingembre : « Si tu pouvais comprendre, mon p'tit gars, qu'il y a un monde entre eux, les Juifs, et nous. Comment te dire ça ? Ils sont pas seulement d'une autre race, ils vivent comme renfermés entre eux, s'adonnant à des rituels religieux aux cérémonies compliquées. Nous autres, les catholiques, on ne peut pas s'associer à ce monde-là, à leurs croyances bizarres qui datent de Mathusalem. Ta nouvelle blonde appartient à une race à part. »

Je ne dis rien et il ose : « Ton affaire de cœur, étouffe-moi ça en vitesse, je te parle pour ton bien, mon garçon, c'est voué à l'échec, une amourette impossible. J'ai un seul conseil à te donner, coupe ça à la racine avant qu'il soit trop tard et que tu saches plus comment t'en déprendre. Cette fille, tu sais pas trop d'où ça vient, tranche-moi ça au plus sacrant. » Je ne dis rien. J'approche des caisses près de la porte mais papa ne lâche pas : « Les Juifs n'ont pas de patrie, ils sont devenus des romanichels errants. Un jour, elle pourrait disparaître subitement en suivant les siens et tu aurais de la peine. Tu vas finir par découvrir qu'il n'y a jamais eu de communication entre les Juifs et nous autres, les chrétiens. Tiens, c'est comme si tu m'avais annoncé une idylle entre une Japonaise et un… un Esquimau. Verrais-tu ça ? »

Ne rien dire. J'aime ma jolie p'tite Juive.

Le camion s'est amené. Celui de Bourdon, notre épicier-boucher de la rue Chateaubriand. C'est André, le fils costaud des Bourdon, qui va nous aider. Mon père l'apprécie. Je l'écoute qui lui dit : « Faut se rendre à l'évidence, un commerce de thés, cafés, épices et bibelots, ça fonctionne mal ici, avenue Greene. Il y a, sur le boulevard Décarie un peu plus à l'ouest, un nouveau magasin bien mieux garni et j'arrivais plus à rivaliser avec leurs prix. Une concurrence impossible. Mes clients de Westmount m'ont abandonné l'un après l'autre. J'y suis allé pour espionner, ils s'approvisionnent à d'importants grossistes en Californie.»

Papa se sauve donc de Westmount. De gros sacs de thés exotiques sur les épaules, mon père entre et sort sans cesse. André, qui s'est occupé du lourd mobilier, fait une pause, s'allume un petit cigare et décapsule une bouteille de Coke. Il souffle comme un bœuf. Puis il va charger ses bras musclés de pesants sacs remplis d'épices. Énergique, le fils Bourdon court vers son camion. Papa, lui, s'est laissé choir entre deux paravents à longs dragons brodés, il rallume sa pipe et dit : «Oui, prudence à l'avenir, plus petits profits, mais plus nombreux. Ça ira mieux rue Mont-Royal, le loyer est bien moins cher et puis nos gens se tiennent. Il y a maintenant la vogue de "l'achat chez nous". Son promoteur, Victor Barbeau, a ouvert une coopérative d'épicerie, tout proche du Stella. Je l'ai connu à dix-sept ans, ce patriote Barbeau. J'étais jeune commis à la revue *L'Action nationale*, en face du théâtre Saint-Denis. Barbeau me donnait à lire des textes de l'historien Lionel Groulx. Oui, désormais, nos gens achètent les produits des nôtres et on ne les voit plus par icitte dans l'ouest de la ville. Je passais des jours entiers dans ma boutique sans entendre un seul mot de français.»

Il part soulever une caisse pleine d'abat-jour avec dentelles et pompons «made in China». André se charge d'un tas de lanternes en papier verni et puis d'un lot de petits tambours et de gongs en bronze. «En arrivant rue Mont-Royal, je vais baisser mes prix. Nos gens n'ont pas de gros moyens.»

Comme je me sens loin de mon père et de ce déménagement… Je songe à mes dessins stylisés d'oiseaux surréalistes sur mon compotier en train de cuire dans le grand four de l'atelier. André me bouscule: «Réveille, l'artiste! On part, là!» Il ferme la porte arrière du camion.

On roule.

Papa a jeté un long regard sur son ancien magasin et puis les rues défilent, s'estompent. Je pars moi aussi, je pars, je jongle loin des calculs du paternel, de ce maigre petit homme familier avec son petit chapeau mou qui répète pour la troisième fois: «J'ai maintenant sept bouches à nourrir, sept!» Je m'envole vers mon monde, l'art, la création. Je songe aussi à ma jolie Anita. Soudain, stop! Arrêt du camion. On descend. Je lis: «Chez Balthazar», un écriteau fignolé du marchand voisin, magasin de tissus. Sur une grande affiche: «Grand écoulement de blanc à la verge.» Je souris.

Déchargement.

Papa, encore un peu en forme, va et vient sans arrêt de ce nouveau local au camion des Bourdon parqué au beau milieu du trottoir. Les passants doivent faire un détour. Certains protestent et papa maugrée: «Ça sera pas long, ça sera plus trop long.» Son futur magasin est sombre, étroit, sent l'humidité. Depuis trop longtemps à louer?

Mon père, fumant comme un engin, est de belle humeur, ça boucane partout, n'éprouve-t-il donc aucun regret de quitter la chic *Greene Avenue*? «Si ça fonctionne par ici, maman, ta grand-mère, m'a promis de m'endosser, et j'ouvrirai un deuxième magasin plus au nord en pleine rue Saint-Hubert. Toi, André, ton père doit bien savoir que la rue Saint-Hubert devient une vraie rue commerciale. Un jour, j'engagerai quelqu'un pour tenir la place ici, et moi je tiendrai le fort là-haut. J'ai déjà visé un spot de biais avec le populaire cinéma Plaza. Je pourrai aller à la maison à pied tous les midis pour manger. Ce sera à deux, trois coins de rue, pas vrai?»

Le jeune Bourdon, pourtant bâti comme un bûcheron, fait voir de la délicatesse, s'efforce de manipuler avec de grandes précautions les services à thé en porcelaine chinoise. Son camion se vide rapidement. J'aide volontiers. En finir au plus tôt avec cette corvée. André fume ses petits cigares à la chaîne. Mon père lui tend une patère, dragon de bois sculpté, et lui dit qu'il devrait se mettre à la pipe. Que la pipe calme les nerfs: «Je le répète à mon fils, c'est connu, la cigarette excite, je lui ai fait cadeau d'une pipe mais il s'en sert pas.»

André hausse les épaules, examine des boîtes d'encens chinois et finit par vouloir en acheter une. Papa lui offre et l'autre le remercie gravement. «Si tu veux un petit encensoir doré, ce serait deux piastres», dit papa. André accepte: «C'est pour ma belle Juliette, ma fiancée raffole des parfums, des encens.» Papa rit, sort et va cracher dans le caniveau. Devoir cracher souvent, c'est ça, la pipe?

Une vieille dame, les dents toutes sorties, ridée comme une pomme cuite, portant un long collet de renard argenté, l'accoste: «*Oh boy! I can't believe it! That kind of store, my dream, thank God! I will be your*

customer!» Elle s'en va, tout heureuse. Mon père grogne :
«Des vieilles Anglaises par ici aussi?» André : «Mais oui,
il y en a partout, vous le savez bien!»

Une grosse bonne femme au chapeau fou passe, regarde
la marchandise sur le trottoir, sourit, s'éloigne. Puis un
prêtre s'amène, regarde dans la vitrine du futur magasin :
«Ah, du stock chinois, des importations, hein?» Papa,
aussitôt : «Oui, j'ai mon grand frère qui est prêtre comme
vous. Loin, dans le nord de la Chine, en Mandchourie,
à Zépingkai.» Le curé l'écoute, enlève et remet sa casquette, a un geste confus d'excuse, semble pressé : «Je dois
y aller, j'ai un mariage, très tôt demain matin, paroisse
Saint-Louis-de-France. Vous devez savoir, cette femme
tantôt, c'est Janet McCormick. Méfiez-vous. C'est une
vieille Irlandaise, mais du type écossais, très grippe-sou,
une pingresse qui descend d'une vieille souche, son grand-
père a été parmi les plus importants développeurs de la
métropole.» L'abbé se sauve. Saluts brefs.

Le fils Bourdon examine les moulins à café posés sur
le sol, les soupèse : «Ouengne, c'est du pesant ça, m'sieur.
Sont-y en acier?» Mon père l'aide. Le camion est vide,
enfin. Ensemble, ils rentrent les dernières machines à
moudre les grains. Dehors, je vois que s'approche, canne
à pommeau, guêtres aux pieds, gants de suède, chapeau
melon, un auguste vieillard. Très droit, il salue mon père
en soulevant son chapeau : « *Well, well, a new store?*»
Papa bombe le torse, mais le vieux noble : « *My poor man,
you will have a hard time, it's not a paradise here, only
poor people.*» Encore un maudit *bloke*, doit se dire papa.
L'élégant nonagénaire salue et s'en va en dodelinant du
chef : «*Anyway, I wish you good luck, sir!*»

Surgit un caniche foufou traînant sa laisse, paquet de poils trépignant qui renifle aux angles des vitrines des magasins du coin. Puis surgit une infirmière avec l'écusson de la Croix-Rouge. Le cabot ébouriffé vient se blottir dans ses jambes : « C'est mon p'tit toutou, il est incontrôlable. Je dois le ramener chez moi, car je suis attendue à l'hôpital Sainte-Justine. »

De gros nuages couvrent maintenant le ciel. Enfin, c'est terminé. Papa part verrouiller la porte d'entrée, puis la porte dans la ruelle. Il monte dans la cabine du camion et dit, en regardant s'éloigner son nouveau magasin : « C'est enfin fini. On va aller à la soupe, mon petit gars. Ta mère doit s'impatienter. »

Papa va donc maintenant tenter de se constituer une nouvelle clientèle. « C'est capricieux, André, ma sorte de clients, savez-vous bien ça ? Du monde très capricieux, il va me falloir attirer ici des gens à l'aise, mais, bon Dieu, ces gens-là cherchent toujours à faire des *bargains*. On n'a pas idée de comment les riches calculent et retiennent leurs sous, ça chipote, on n'a pas idée, les riches sont les pires *bargaineurs* du monde. »

On roule vers notre rue Saint-Denis. André siffle l'air de *Marinella*, la chanson de Tino Rossi. On monte par la rue Christophe-Colomb, on traverse Beaubien, Saint-Zotique, Bélanger. On y est. J'ai fumé un des petits cigares du camionneur. En route, mon père a osé : « Pouvez-vous imaginer ça, André, mon gars est en train de s'enticher d'une p'tite Juive à son école d'art. » André sursaute : « Quoi ? Une Juive ? Pas une vraie Juive ? » Papa soupire : « Oui monsieur ! Du monde qui vit à l'envers de ce que nous vivons, que voulez-vous que j'y dise ?

Il m'écoute pas, il se rend pas compte, il arrive pas à bien saisir qu'un univers nous sépare du monde des Juifs, un écart gigantesque. Il ignore ça, il est trop jeune.»

André m'étonne, il hausse le ton: «Bof, au fond, y a pas de mal à ça, ils mangent pas le monde, les Juifs. C'est des êtres humains, non?» Silence du paternel. Puis, André: «Mais, oui, il faut ben l'dire, c'est pas notre monde. Ma grande sœur travaille dans le monde de la guenille. Payée par des p'tits Juifs à longues couettes, à barbiches, rue Saint-Laurent. Ces gens-là nous arrivent d'un monde à l'opposé du nôtre! Ces immigrants-là, ça débarque de loin, de creux, de pays lointains, du fin fond de l'Europe. Ils ont des accoutumances et des cérémonials bizarres qu'on peut pas comprendre, ça fait qu'un gars normal peut pas rentrer dans ces familles-là, on peut pas s'accoutumer à leurs simagrées, comme qu'on pourrait dire… Et ça serait une sorte de sacrilège, contraire à notre sainte foi catholique romaine. On risque l'excommunication "ad vutam étermam"!»

Papa est tout content de l'entendre et me fixe.

J'aime Anita. C'est pourtant simple. Elle me met le cœur à l'envers. En fin de compte, quoi, c'est une fille et je suis un garçon. Mon père rit à faux: «C'est certain que c'est une lubie passagère de sa part, un caprice, un p'tit coup de sang, ça ne tiendra pas, il y a trop de différences, leurs coutumes datent du temps d'Abraham.»

Soudain – papa m'étonnera toujours –, voilà qu'il me sort des drôles de mots, je ne le savais pas si bien informé, il dit qu'il a connu des Juifs à Outremont quand il fréquentait ma mère, rue Hutchison: «Si tu avais vu ça, mon p'tit gars, il y avait une synagogue pas loin, ça fêtait *Pourim*, en l'honneur de leur héroïne, Esther. Ils fêtent aussi *Pessah*, leurs Pâques à eux, et il y a *Hanoukka*, une célébration d'importance.»

Mon père m'a toujours épaté. J'étais un petit enfant de cinq ans et il m'apprenait à lire, à écrire. À calculer, plus tard. Patient, il me faisait l'école. Il m'ouvrait ses vieux *National Geographic Magazines* et m'expliquait de lointains pays étrangers. Bon. Coin Jean-Talon et on est arrivés. Sorti en vitesse, papa me confie le trousseau de clés des portes du magasin rue Mont-Royal. Il rit: «Tu iras finir le rangement dans le nouveau magasin, cet après-midi!»

André se fait payer et s'en va.

On entre. J'entends ma mère chanter du fond de sa cuisine. Ma mère chante toujours. Odeur de sa bonne soupe au chou. Papa ouvre la porte, côté ruelle. L'air de juin est chaud. Au-dessus des hangars, le soleil brille fort. «Pis, mon garçon, me dit maman, c'est comment ce nouveau magasin de ton père? Moins grand, plus grand? Plus de piétons dans la rue? Venez vite goûter à ma soupe, les petites vont rentrer, ton petit frère aussi, vite, prenez place.» Avant la soupe, je vais dans ma chambre regarder ma sculpture libre qui sèche, c'est du grès rempli de chamotte rouge, j'ai modelé une sorte de bouc aux cornes énormes, bloc à la Henry Moore encore. Je l'examine avec satisfaction. Anita l'aimera. Allons manger.

À table, ma mère: «Qu'est-ce que j'ai appris? Te voilà en amour avec une Juive? C'est ce que m'a dit ton père... Et ta grande sœur, Marcelle, vous a vus ensemble, vous tenant par le cou en sortant du cinéma Château, une espèce de blonde avec de très grands yeux qui lui mangent la face?»

Je ne dis rien.

Oh, oui, Marcelle-la-grande-pie-bavarde! Je mange en silence. J'ai tellement hâte à demain, d'être au 42 Ouest, avenue des Pins.

4

La plus belle fille de mon école

Ma mère fait des gros yeux – une Juive? – mais ça me donne envie de rire. Elle est encore dans l'autre siècle, elle qui est née en 1899! Et je ne suis plus son gamin, non?

Parfois, elle me rappelle mes études classiques abandonnées: «Toi, pourtant si fort en version grecque, et ratant les mathématiques! Je te voyais en grand plaideur avec une toge!» Quand je rentre, sali de glaise séchée, elle me considère avec pitié. Elle me reproche encore de ne pas m'être rendu à l'université pour les reprises. J'aime pourtant ma nouvelle condition… ouvrière. Suis bien content d'être débarrassé de l'uniforme du collégien et de son blazer bleu marine à écusson brodé de la devise *Excelsior!*

Je suis fier de mon école, de ce très modeste bâtiment de briques rouges. Adieu à ces idées d'«Élite de la nation», aux prétentions des curés aveuglés.

Ah! comment devenir un grand artiste? Je le veux tant! Avoir un jour mon atelier bien à moi, une fois mon diplôme de potier obtenu. J'ai confiance, je finirai bien par m'illustrer, par faire voir tout ce qui m'allume. Maman-la-prude me revient toujours avec ses: «Tu es comme renfermé, tu nous dis plus rien, tu es secret. Qui est-elle, au juste, cette Juive? Cette Anita Geller, dont tu t'es bêtement amouraché?» Je ne l'écoute pas.

Un jour, je ferai des murales aux glaçures étonnantes. J'aime Picasso, Braque, Matisse. J'aime Jean Cocteau qui a signé les carreaux d'une chapelle à Vence. J'aime Chagall. Je suis fou de Klee. De Miró aussi. J'aurai de grandes sculptures dans les parcs de ma ville. Je n'aime pas Maillol mais j'admire Rodin, j'aime, je l'ai dit, le moderne Henry Moore, et j'aime Louis Archambault, un de mes professeurs. Déjà, il est comme un grand ami, un conseiller avisé.

J'aime aussi les merveilleux mobiles d'Alexander Calder. Plus tard, je ferai une céramique unique. J'inventerai un jour de fantastiques fresques de briques en terre cuite aux modelages surréalistes décorés de bêtes fantasmagoriques. Alors je veux m'efforcer de bien apprendre à calculer les argiles et les glaçures avec Pierre Normandeau, notre directeur. Aussi avec sa chimiste d'épouse qui est la chef du petit labo.

Ma mère me parle maintenant à voix basse, tout doucement, avec prudence. Elle connaît bien mon caractère, farouche à l'occasion. Je ne veux pas l'écouter. Elle tente à nouveau de me mettre en garde: «Cette Anita mystérieuse, d'où sort-elle donc, vas-tu finir par nous dire d'où elle vient au juste? De Pologne ou d'Allemagne?»

Anita fait partie des élèves dits «spéciaux», jeunes et moins jeunes immigrants, réfugiés de la guerre. Ils sont une demi-douzaine, de toutes les nationalités, un Lithuanien, un Ukrainien, deux qui viennent de Pologne, dont ma belle Anita, aussi un vieil Autrichien qui façonne d'étranges modelages ultra réalistes, un style ancien dont on se moque. Tous ces étrangers baragouinent plus ou moins notre langue. Anita Geller parle un bon français, elle a vécu un an en France. Depuis la fin de la guerre, le gouvernement veut aider ces migrants sortis de la terreur nazie, et nos écoles de métiers sont grandes ouvertes à ces malheureux du sort.

Anita est si belle! Ma mère, je le sens, s'efforce de garder son calme. «Tu dois y penser comme il faut, cette Anita n'est pas de notre monde. Sans doute une bonne p'tite fille, mais tu refuses, on dirait, de nous la présenter, c'est une pure étrangère. Il y a des difficultés de toutes sortes qui surgissent quand on veut s'associer à des gens qui ne sont pas de notre race ni de notre religion. Comment songer à son avenir avec des gens qui nous arrivent d'on ne sait trop où?»

Je lui explique calmement qu'elle est une Polonaise et je lui promets que je la questionnerai. Je lui dis que c'est pas facile pour eux, ces réfugiés, de s'adapter en Amérique. «Ils sont fragiles, maman, tu devrais le savoir.» Je lui dis aussi que, d'après notre directeur Normandeau, sa mère et ses deux grandes sœurs sont mortes de faim en Allemagne, dans un camp nazi. Qu'il n'y a que son père qui a pu, comme Anita, s'en sortir vivant. En 1945, à la fin du conflit, son père, Samuel, a fini par retrouver un oncle vivant en France, de là leur séjour à Paris. Sam Geller aurait déniché ensuite un lointain cousin vivant en Ontario et il a pris tous les moyens pour émigrer à Montréal.

Ma mère ne m'écoute que d'une oreille. La vie de ces gens ne l'intéresse pas, elle ne fait que répéter les mots «race» et «religion». Un peu calmée, elle ira ensuite chercher son sac où elle range des pelotes de laine aux couleurs variées et ses broches à tricoter. Elle parle, parle, je ne l'écoute plus du tout. Je songe à cette visite insolite, faite avec Anita, à l'oncle missionnaire chassé par les troupes de Mao. Il soignait ses rhumatismes à son séminaire de Pont-Viau. Nous avions pris le tram Saint-Denis jusqu'au bout de la ligne. Là, nous avions traversé à pied le pont Viau et marché encore jusqu'à cette presqu'île. L'oncle Ernest apprivoisait des écureuils noirs et avait dit à Anita en riant : «Comme vous, ça nous vient de Pologne, ces p'tits noirauds-là, de Belgique aussi, et ils sont d'une rare intelligence.»

Dans le tramway, j'avais raconté à ma blonde que cet oncle exilé m'envoyait des photos, des cartes postales, de longues lettres, qu'enfant, ce frère de papa m'avait fait aimer la Chine. J'aimais cet oncle. Alors elle l'aimait aussi. L'oncle lui avait dit que, au VIIe siècle, les fameuses épîtres de Paul avaient été traduites par des Juifs instruits. Que, sans eux, ces sermons auraient été perdus. Anita en avait été toute fière.

Je lui ai dit que mon oncle était en train de les retraduire, disant qu'il pouvait faire mieux : «Ma traduction de l'apôtre Paul sera mon dernier ouvrage avant de mourir.» Devant lui, j'avais révélé à Anita qu'il avait rédigé en Mandchourie un savant lexique de romanisation du chinois. Ouvrage qui avait été accepté à l'Université de Pékin. Jetant des noix à ses écureuils noirs du balcon, il avait rougi légèrement.

C'est un beau soir, bien doux. Septembre s'achève et c'est comme si on était en plein juillet. Je me demande comment j'en suis arrivé à trop parler d'elle – trop souvent – chez moi. Je ne veux plus voir mes parents se mêler de mes affaires privées. Ma vie me regarde, ne concerne que moi, je ne suis plus un enfant. Pourquoi, ce soir, ma mère me questionne-t-elle encore sur Anita? Ça me revient, il y a eu, tantôt, ce colporteur, vendeur d'encyclopédies, un dénommé Sylvio Kouri. Il sortait du boudoir quand je suis rentré de l'avenue des Pins. Il avait le front luisant et, joyeux, vantait ses collections tout en s'excusant sans cesse. Il s'en allait, il avait sans doute tout fait pour vendre sa marchandise de beaux livres illustrés. Ce Syrien était très poli. Ma mère avait dit: «Plus tard peut-être, mon jeune monsieur, ces temps-ci, les affaires de mon mari ne vont pas trop bien. Nous devons surveiller nos dépenses.» Dans le portique, comme je rentrais, ce jeune commis-voyageur disait à ma mère: «Madame, savez-vous bien qu'un livre, c'est encore plus précieux qu'un panier d'aliments? C'est ce que je pense, en tout cas.» Ma mère avait éclaté de rire et il avait ajouté: «C'est un de mes copains juifs qui me répète ça.» Ma mère, aussitôt: «Ah, les Juifs! les Juifs! Tout le monde le sait, ils sont fous!»

Plus tard, après le repas, avant de me rendre au ciné-club du Jardin botanique, j'ai eu besoin de rectifier tout ça. «Maman, ma nouvelle blonde n'est pas folle du tout, les Juifs ne sont ni plus fous ni plus fins que n'importe qui. Je vais revoir la plus belle fille de notre école qui est juive, et qui est très intelligente.»

Calmé, je raconte à ma mère qu'Anita me regarde tout le temps à l'atelier. Que je lui trouve le plus beau des sourires. Qu'elle a plein d'idées dès qu'elle tient un peu d'argile dans les mains, qu'elle est très habile, qu'elle a beaucoup d'imagination. Aussi qu'elle a des opinions solides sur tout. Enfin, que, oui, oui, je veux devenir son meilleur ami. Ma mère, toute surprise de cette envolée, mâchonne : «Fieu! toi, mon fils, meilleur ami d'une Juive?» Je rage : «Oui, m'man, oui, d'une Juive, pourquoi pas, est-ce que ma mère est une raciste? Pourquoi pas une Juive?» Elle me récite alors son maudit chapelet de bons conseils : «Si tu pouvais saisir, comprendre, ce que je veux t'expliquer! Ta mère n'a rien contre les Juifs, il y a simplement que tu vas perdre ton temps, qu'il ne peut rien y avoir de solide, rien de sérieux entre toi et une fille dont on ne sait rien, sur ses origines, son histoire, ses croyances, et tout le reste. Sais-tu seulement où elle habite? Sais-tu qui étaient au juste ses parents, sa mère? Si elle a des sœurs ou des frères? Quel est le métier de son père? Non, tu ignores tout, j'en suis certaine.» Je lui raconte le peu que je sais sur les Geller mais elle ne m'écoute pas vraiment, va donner du lait à la chatte, va ranger du linge dans la chambre de mes sœurs, sort son fer à repasser, change d'idée, va ouvrir sa machine à coudre.

Je lui explique que l'année scolaire débute, que je ne sais pas tout encore. Qu'il n'y a pas même un mois que nous fréquentons l'atelier, que les professeurs la respectent, semblent la tenir en bonne estime. Que déjà, Anita a montré du talent pour la céramique. Qu'elle est plus vieille de caractère que nous tous. Que je ne suis pas le seul à vouloir la fréquenter. Ma mère hausse le ton : «La fréquenter? Entendez-vous ça, bonne Sainte Vierge

Marie ? Tu vas vite en besogne pour une inconnue, une étrangère ! »

Je lui cite Aragon : *J'aimais déjà les étrangères/quand j'étais un petit enfant.* J'ajoute : « Tu disais rien quand je courais après ma rousse, la Marion Hall, une Irlandaise, une protestante. » Elle ne répond pas. « Ou bien mon Anglaise de la paroisse Holy Family, June Johnson, rue Berri ? » Elle sourit, puis y revient : « J'espère que tu t'es pas entiché sérieusement. Te vois-tu rentrer dans une famille de Juifs ? Serais-tu accepté, d'abord ? C'est très fermé, ce monde-là. Je sais bien que la piété est devenue le cadet de tes soucis mais tu as été baptisé, confirmé dans la foi catholique. Tout un mur entre eux et nous, ça, une clôture infranchissable. Questionne-la à ce sujet, elle va l'admettre. Tu as toute ta vie devant toi, tu vas connaître des tas de filles. Quelle folie que de vouloir conquérir la représentante d'une race si éloignée de la nôtre ! »

Je sors prendre *La Presse* sur le balcon. Elle me suit : « Je ne sais plus quoi te dire. Tu vas aller à ce ciné-club pour encore mieux la connaître ? Perte de temps. Tu vas me promettre de réfléchir, je te connais avec tes amourettes, Don Juan, souviens-toi de ta Gisèle de Saint-Henri, tu lui as crevé le cœur, même chose avec ta Micheline de Pointe-Calumet. Ne fais pas encore pleurer une fille, mon p'tit gars. Être Juive, c'est un autre monde, aux antipodes du nôtre. Ton père, si occupé avec son nouveau magasin, en tomberait malade, tu seras obligé de renier ta religion, ils sont comme ça. Tu seras seul, mis à part, un étranger parmi les tiens. Te vois-tu dans une synagogue, espère pas voir cette Anita dans notre église Sainte-Cécile. Pas de saint grand danger ! »

Je rentre, ma mère aussi. Elle va ouvrir la glacière, se prend un morceau de sa tarte aux raisins, sort une assiette, une fourchette. En mangeant, elle s'acharne : « On n'y peut rien, il s'agit pas de haine raciale, mais le monde juif reste fidèle à ses traditions. »

Je découvre qu'elle a des larmes aux yeux, je n'en reviens pas. « N'y va pas, fais-moi plaisir, je te le demanderais à genoux, oublie-la, renonce à une histoire qui n'a ni queue ni tête. Il doit bien y avoir d'autres mignonnes à cette école. Tu ne m'as pas parlé de cette grande beauté brune qui vient de Saint-Jean-d'Iberville ? » Je dis : « Anita est blonde et elle a les yeux bleus. » Je sors.

J'ai mis un peu du parfum de ma sœur Lucille derrière mes oreilles. Et beaucoup de ma lotion à barbe. J'ai mon billet de tramway. Rendu à la rue Sherbrooke, je prendrai une correspondance pour un autobus vers l'est. Je veux voir ce film d'Orson Welles, *Citizen Kane*. Un chef-d'œuvre, d'après Gilles Derome qui dirige le ciné-club. Je m'assoirai dans le noir aux côtés d'Anita dans l'auditorium du Jardin. Je tenterai de l'embrasser. Après le film, j'irai la reconduire et je saurai où elle demeure. Je verrai peut-être son père ou cette vieille tante qui l'élève. Anita me racontera un peu sa vie, ses malheurs dans ce camp nazi, me parlera aussi de sa mère et de ses sœurs mortes.

J'ai hâte.

S'il n'y a pas trop de réverbères dans sa rue, je pourrai l'embrasser en marchant. Y penser me fait frémir de joie. Ce n'est pas pour me vanter, mais pas mal de filles m'ont dit que j'embrassais bien. Oh, la bouche si rose de mon Anita ! J'en ai tant envie depuis des jours et des jours. Depuis qu'elle m'a tenu les doigts en riant si fort quand j'ai voulu rapiécer son modelage qui se défaisait.

«Ne rentre pas trop tard! Demain, ton père t'a averti, il va y avoir une corvée d'automne pour vous deux : laver dans la baignoire les doubles fenêtres d'hiver. Ne rentre pas tard, mon p'tit gars.» Maman, je ne suis plus ton p'tit garçon.

5

Anita qui mange sans cesse

Je me juge bizarre, j'ai toujours cette peur de devenir fou un jour. Plus jeune, c'était une sorte de hantise que je ne m'expliquais pas. Alors, j'achalais mon père: «Pourquoi on n'irait pas ensemble visiter nos parents internés à Saint-Jean-de-Dieu? Non? Toi, le grand catholique?»

Avais-je l'espoir d'y apercevoir notre grand poète, Émile Nelligan, réciter dans sa camisole d'aliéné mental son *Vaisseau d'or*? Je l'admirais tant! Le père Filion, au collège, nous disait qu'avant sa mort en 1941, Nelligan parfois récitait un de ses poèmes face à des visiteurs dans les corridors de son asile.

Je percevais désormais mon père comme un homme à faillites et cela me faisait mal. Faute de clientèle, papa venait de fermer son magasin de la rue Mont-Royal, et pour la même raison, il dut plus tard mettre la clé sous la porte de sa boutique rue Saint-Hubert. Avec l'argent de ma grand-mère, il fit ensuite creuser la cave de notre logis pour y installer son commerce.

Ce magasin deviendra une sorte de snack-bar. Papa se transformera donc en bistrotier. Bien bavard avec certains de ses clients, il fermait son restaurant longtemps après minuit. Mon oncle Léo, cantinier aux chemins de fer du CPR, y venait très souvent pour commérer. Je les entendais rire très fort, se tapant les cuisses en se souvenant des vilains tours qu'ils jouaient, jeunes, à leur cousin, ce Rosaire candide. Ce dénommé Bombarde que les deux frères tournaient en bourrique. Je plaignais ce naïf cousin abusé.

Un soir, les deux frères évoquaient un effrayant tour sur son dos et j'éclatai : «Si tu veux le savoir, papa, je trouve ça écœurant de votre part d'avoir abusé d'un simple d'esprit. C'est une honte!» L'oncle Léo, piteux, reconnut ses torts. Mon père aussi s'excusa : «À cette époque, Léo et moi, nous n'avions même pas vingt ans. Nous avons été bêtes et cruels, c'est vrai.» Ce soir-là, avant d'aller au lit, j'en avais encore profité pour proposer que nous allions visiter Rosaire et Laurette. «Jamais, mon garçon, oublie ça, il n'en est pas question, ils ne me reconnaîtraient même pas.»

Bizarrement, je gardais cette frayeur de devenir fou comme eux. J'avais tant d'idées grandioses, des ambitions vraiment démesurées, comme de m'imaginer un jour un créateur reconnu mondialement. Folie? Je me jugeais parfois imbécile. Moi, un raté du collège, devenir, songe creux, un Picasso, un Braque ou un Matisse! J'ouvrais alors mon cartable et passais en revue mes esquisses. Cet art que je croyais audacieux, ces dessins à l'encre de Chine, tableautins d'un bien faible surréalisme, au fond c'était plutôt banal.

Comment le fils d'un petit cafetier minable de la rue Saint-Denis osait-il prétendre à un avenir glorieux?

Enfin, le noir se fait dans l'auditorium du Jardin botanique. L'écran s'illumine. Avant le film de Welles, voici
celui de Jean Cocteau en poète mythique, son *Orphée*.
Nous sommes tous subjugués par les merveilles de ses
métamorphoses cinématographiques. Nous raffolons de
son conte à l'onirisme imprévisible. Cocteau se joue de
la mort. Magie.

Avant tout, ma magie dans cet auditorium, c'est
Anita qui est à mes côtés. Mon Eurydice blonde, je suis
Orphée, c'est entendu. Dans l'obscurité, j'admire son si
beau, si triste sourire. Ses yeux de lumière bleue. Mon
cœur bat fort de l'avoir si proche, de toucher son bras, sa
main. C'est l'amour fou, ma foi. Je suis si bien, c'est vraiment un envoûtement. Par surcroît, les images du film
nous hypnotisent. Je suis ailleurs. Nos mains s'étreignent
dans la pénombre, nos deux fauteuils dans cette salle
sont des barques mobiles qui planent, qui voguent sur
un Styx imaginaire, nous sommes en apesanteur. Les
films importent peu, il n'y a qu'une histoire importante
qui se joue dans cette demi-obscurité : la nôtre. J'aime
sa chemise de garçon ouverte sur ses jeunes seins. J'aime
ses longs cheveux, végétation lunaire.

Elle me regarde souvent à la dérobée, me sourit
sans cesse, semble heureuse, ses yeux brillent, mais son
beau visage me paraît pourtant grave, solennel. J'aime
ses épaules, sa poitrine, *ses longues jambes de faon*, oui,
poète Aragon. Je perçois une sorte de vibration, émo-
tion folle, monsieur Cocteau, monsieur Welles, est-ce
l'irraisonnable mystère de l'amour ? Je l'aime alors que
je ne sais presque rien d'elle. Elle ne sait rien non plus
de moi. C'est l'amour aveugle dans le noir et elle semble

aussi heureuse que moi de nos timides caresses, de nos maladroites tentatives d'étreintes.

C'est elle «la femme de ma vie». Demain, dans les jours à venir, comment allons-nous cheminer dans notre histoire nouvelle? Elle sort un sac de croustilles, en mange, gloutonnement. Comme elle mange toujours, sans cesse, avenue des Pins. Elle me souffle à l'oreille: «Je te mangerai un jour, toi aussi.»

Bruit du sac froissé et un «chut» fuse. Anita rit tout bas, penche la tête vers moi, m'offre de ses chips. Elle sort maintenant de son sac une tablette de chocolat Cadbury et en avale vite des morceaux. Je souris à ma blonde goinfre! J'imagine qu'elle a été affamée dans ce camp, ce passé qu'elle garde secret… Comment était-ce au juste, cet enfer? Elle me parle parfois de la Pologne, de Cracovie, mais très peu, trop peu du ghetto, du camp. Elle a très vaguement évoqué cette affreuse prison qu'elle nomme Auschwitz. Trop peu de mots sur un secret cadenassé, ce temps où je faisais des poèmes de potache, bien nourri, proprement habillé, au collège des pieux sulpiciens.

J'ai peur de ce passé. Le sien.

On le sent – *Rosebud… Rosebud…* –, le film s'achève. Elle me chuchote des mots que je ne comprends pas. Est-ce du yiddish? Elle vide un autre sachet. De quoi donc? Je ne vois rien. Elle m'en offre. Je refuse, je n'ai jamais faim entre les repas. Elle rit. Je ris. Elle me dit à l'oreille: «Je finirai par manger le monde entier, tu sais. Mon père m'a avertie que je vais devenir très grosse et très laide, mais c'est faux. Je mange sans cesse, depuis longtemps, et tu le vois, je n'engraisse pas.»

Des sièges claquent, certains jeunes, cinéphiles mous, s'en vont avant la fin. Elle sourit, se presse contre moi, mes bras autour de ses épaules fermement serrés. Elle continue: «Un jour, ce sera ton tour d'être avalé, je te mangerai toi aussi, tu verras.»

Ma belle Anita en mante religieuse, dévoreuse de tout, même de moi? Je ris de nouveau, Anita me rend fou de joie, et ma jolie mante juive ne me fait pas peur. C'est moi qui l'avalerai un de ces jours. Je l'aime trop. Je soulève sa main, embrasse tous ses doigts, l'un après l'autre. Maintenant, c'est moi, oui, oui, qui ai une grande envie de la manger. Fou d'amour. Elle a pris un visage grave, le dominateur Kane lui fait-il un peu peur? Anita ne sourit plus, a cessé de manger enfin. La dernière bobine se termine. Grand silence dans la pénombre. Le gras Crésus de Welles s'écroule. Un traîneau glisse. *Rosebud…* Les images nous fascinent, je la regarde, concentrée sur l'écran, elle ne mange plus… n'avale que les dernières séquences à vingt-quatre images seconde.

Moi, je ne veux plus voir qu'elle, je voudrais l'embrasser à pleine bouche comme font les vrais couples. Comment réagirait-elle? On se connaît encore si peu. Alors je n'ose pas. Si elle m'avalait, je serais tellement heureux. Parle, poète Rimbaud: *On divague; on se sent aux lèvres un baiser/Qui palpite là, comme une petite bête…* Et le captivant carrousel d'images aux éclairages bizarres, aux angles photographiques audacieux, s'achève.

Fin. *The End.* Le noir s'abolit. La salle se rallume. Brouhaha et tonnerre d'applaudissements. Debout, Anita ramasse ses papiers, les fourre dans sa sacoche avec un sourire gêné. Une table est apportée, une carafe d'eau, un verre vide, un microphone est installé sur la scène, il y aura maintenant une discussion et Derome, notre jeune président, fou de cinéma, va jouer l'animateur enjoué. Je me lève. L'allée centrale est déserte, nous partons. Je lui prends la main, la tire, on se sauve.

Dehors, rue Sherbrooke, douce nuit et petit trafic de fin de soirée. «Anita, cette fois pas de resto, d'accord? Allons chez toi.» Je veux connaître les siens, sa famille. Elle me regarde avec son beau sourire, se met soudainement à courir vers un autobus qui s'approche. Veut-elle m'échapper? Je la rejoins et on y monte.

On débarque du bus Sherbrooke et on marche rue Jeanne-Mance, jusqu'à sa petite rue, Clark. «Veux-tu m'accompagner? J'ai promis à mon oncle de l'aider, il fait l'inventaire de son épicerie. Casher, tu sais?» Elle rit. On y est. «Mon oncle Howard est un vieux garçon solitaire, un vague cousin de papa.» Mais non, je ne la suivrai pas, déçu par sa proposition qui n'augure aucune intimité. «Je dois rentrer pour relire mes notes de cours, examen demain. Je regrette!» Elle presse le pas et je reste là, immobile. Elle file vers le magasin de ce Howard. Se retourne, me fait des petits signes. Je l'entends qui chantonne un air que je ne connais pas. Soudain, elle court vers moi, me serre les deux mains avec ardeur, m'embrasse... sur le front: «Je crois que je t'aime très fort, sais-tu ça?»

De nouveau, elle s'en va en courant. Seul, rue Villeneuve, je siffle l'air de *Ramona*. Je la vois, de loin, qui s'apprête à entrer dans le petit magasin, je la distingue plus ou moins sous l'auvent. Elle hésite, une main sur la poignée de la porte, l'autre levée vers moi comme

pour un dernier salut. Je lui crie: «À mardi, à mardi!»
J'ai déjà hâte de la revoir. Elle a disparu.

Seul dans mon tram Bleury, je rêve encore à elle, à
ses yeux bleus, à la mer, à sa belle bouche coquelicot, à
sa chemise blanche de garçon manqué, à ses jeunes seins.

Rendu rue Sherbrooke, j'entre boire une bière à
la Swiss Hut. S'y trouvent Claude Gauvreau, poète de
l'Automatisme, ses zélotes dépenaillés aux longs cheveux, aux visages blêmes. L'écrivain s'est installé dans
une loge tapissée de moleskine rouge. Chopes de bière
sur leurs plateaux, les serveurs circulent. Gauvreau se
lève et s'apprête à réciter à voix très haute un poème surréaliste, il rote et rit. Des clients applaudissent, conquis
d'avance. «Orbal, boisir/Izzitou kauszigac/euch bratlr/
ozilon kèle-napprégné...»

Poème craché, Gauvreau s'est retiré au fond de
la brasserie. Une jeune actrice déjà célèbre, Murielle
Guilbault, se sauve de lui, on dirait. Gauvreau vide un
verre et s'allume un cigarillo crochu. Le voilà tout ren-
frogné. Déçu? Les yeux fermés, sa mâchoire remue sans
cesse, me faisant penser à ce jeune corbeau dépeigné,
Miron, un poète que l'ami Gréco nous a présenté l'autre
midi. Une sorte de paysan volubile qui jouait de l'harmonica au carré Saint-Louis.

Maintenant attablé avec des copains, Gauvreau
chantonne, se lève, se balance sur ses pieds. «Un fou»,
me dit un *waiter*. Les joues toutes rouges, les lèvres de
Gauvreau se gonflent, va-t-il éclater? Il grogne des imprécations et finit par vociférer: «À bas les rognures de basse
extraction! Nation nigaude! Misérable nation nigaude!»
Des gestes bizarres, on jurerait qu'il se débat contre des

démons invisibles. Il s'enfile un grand verre d'un seul trait, le voilà qui danse, qui trépigne, en turlutant un chant bizarre fait de borborygmes, est-ce de l'Iroquois?

J'ai peur, je pense encore: il ne faut pas que je devienne fou, il y en a déjà trop dans ma famille. Je sors.

Je suis trop jeune pour adhérer aux groupes d'avant-garde de ma ville. Mes poèmes? Ils les jugeraient conventionnels, académiques. De pauvres vers de mirliton. Eux jouent avec les mots, les transforment avec audace. Je n'en suis pas là.

Tram Saint-Denis. Il va être minuit. Arrivé chez moi, ma mère, sur le balcon, assise dans son habituel fauteuil en rotin, lit son cher Courrier de Colette dans *La Presse*: «Pis, monsieur Casanova, cette Anita, as-tu enfin pu faire connaissance avec sa tribu?» Je n'ai rien dit. J'ai fumé ma dernière cigarette Philip Morris. «Tu devrais pas tant fumer, tu sais bien que tu as les poumons faibles. Souviens-toi de tes crises de bronchite aiguë, à huit ans, de l'antiflogestine et de la poudre à fumer du docteur Chase, je t'entends souvent tousser la nuit.»

J'ai une mère couveuse.

Je vais dans ma chambre. Raymond, mon petit frère, dort à poings fermés, je fais le moins de bruit possible. Le store est resté ouvert à côté dans le boudoir. Étendu, je vois au plafond les lueurs des phares d'autos, la lumière jaunâtre d'un réverbère. Je pense à elle, ma belle Polonaise blonde, à sa faim perpétuelle et à ses mots: «Un beau jour, je t'avalerai…» Ma mère traîne ses pantoufles sur le prélart du couloir. J'ai déjà hâte à mardi. Hâte comme un fou.

Je finis par m'endormir.

6

M'en aller à Vaison-la-Romaine?

Salle des machines à l'atelier, ma belle blonde grignote encore en écoutant mes explications. Je lui présente en riant « monsieur le broyeur », gros crapaud de fer assis dans son coin avec ses mâchoires effrayantes.

Et puis « monsieur le malaxeur », un mélangeur géant fixé à un immense tonneau qu'on a juché sur une haute plateforme, et qui nous fournira la précieuse boue nommée barbotine.

Je lui montre – troisième étape pour faire de l'argile utile – les rangées de moules qu'on appelle des coques. Sorte de chaudrons de plâtre bien sec, où la merveilleuse barbotine se dégorgera de son eau pour qu'on la transforme plus tard en belles grosses galettes d'une souple argile. Elle m'écoute attentivement. Prend des notes tout en gobant des pinottes salées, sans cesser de boire de son cher jus de raisin.

De furtifs baisers. Puis elle m'accompagne à l'un des tours de l'atelier principal. Je bats ma pâte pour en extirper les bulles d'air et Anita fait comme moi, m'écoute encore : « Avant de te rencontrer, sais-tu que j'ai failli m'exiler en Provence? Moi qui aime tant la France, j'ai refusé l'offre. »

Anita m'enlève ma balle d'argile et me tend mieux l'oreille, curieuse de mon récit. «Eh oui! L'exil offert. C'était l'été et j'étais *waiter* au tout petit hôtel Le Baronet. "Hôtel de luxe" annonçait le placard. J'étais déjà fou de peinture et, entre les heures de service, je barbouillais dans mes alentours, des paysages d'Oka. De jolis prés, souvent avec des vaches, et encore des vaches qui broutaient placidement dans la chaleur estivale.» Anita rit: «Cowboy-à-pinceaux?»

Je choisis un tour, m'y installe avec ma balle et je continue: «Initié à l'art ici, à cette école, je songeais à m'inscrire à l'École des beaux-arts. Je rêvais. Devenir un Monet, un Cézanne. Éva Bernier, la proprio du petit hôtel, m'offre soudain un exil doré dans son domaine d'hiver. Dans le sud de la France, à Vaison-la-Romaine. Oh, Anita, je ne t'aurais jamais rencontrée!»

Anita s'installe à un tour voisin du mien, plaque sa balle pour la centrer, s'éponge le front. Sa salopette de denim bleu est couverte de boue. Elle croque encore des pinottes: «Et après? Tu as dit non?» Je cesse de pédaler: «Anita, écoute bien ça. Au chalet de Pointe-Calumet, mon père me dit: "Tu veux gagner des sous, on va aller voir une de mes connaissances qui possède un hôtel pas loin, qui pourrait t'engager comme serveur." Vrai, j'ai failli ne jamais te connaître, beauté blonde qui grignote sans cesse.»

Je savais qui était cette couturière de renom, Éva Bernier. Je lui avais vendu de mes cartes de Noël à son salon, rue Sherbrooke. Ce jour-là, à Pointe-Calumet, visite de l'oncle Léo et mon père lui demande de nous conduire à Oka. Léo, taquin: «On va chez la belle Éva, ta première flamme, mon p'tit frère?» Gêne de papa. Un silence. Mon père me confie que, tout jeune homme, sa mère l'avait envoyé chercher une robe chez la mère d'Éva Bernier, rue Panet. Anita tente de ne pas désaxer son bol et je ne suis pas sûr qu'elle m'écoute. «Rue Panet, il y avait une fille à caser, à marier, Éva. Il y avait aussi une jeune cliente qui attendait au boudoir, ma mère. Papa fait donc face à "deux filles à marier"... Il a choisi cette Germaine Lefebvre. Et adieu Éva!»

Je me souvenais de l'oncle qui ricanait dans sa Chevrolet: «Édouard, tu as mal misé, marié à Éva, tu serais un riche hôtelier.» Mon oncle, le ricaneur, insistait: «Peux-tu me jurer, mon p'tit frère, que t'as jamais revu, en cachette, la belle Éva?» Anita se redresse et m'écoute maintenant: «Dès notre arrivée à l'hôtel Le Baronet, cette Éva lui saute au cou en criant: "Quelle belle surprise! Mon cher Édouard!" Eh oui, elle m'engagea et ce fut un été à servir une clientèle "de luxe". Des politiciens connus, des juges, des artistes, le fameux Gratien Gélinas, aussi un héritier des Dupont de Nemours, la fameuse multinationale.»

Anita termine son petit bol et va le déposer dans notre armoire humide pour un séchage lent. Elle dit: «Oui, je te vois en serveur, vaillant, le sourire au bec, le zèle sans cesse.» Je tente de tourner un cruchon et j'y arrive mal. Je parle trop? «J'avais un salaire enfin. De bons pourboires souvent. J'avais une chambre à moi au grenier de l'hôtel. Je pouvais, aux heures de relâche, me balader dans la nature avec mes pinceaux, ma gouache. Un après-midi de fin d'été, je coupais et composais des bouquets dans nos plates-bandes, Éva Bernier me retira le sécateur : "Mon garçon, j'ai constaté tes talents pour la peinture, si tu veux, tu pars avec nous en Provence. J'ai mis l'hôtel en vente, ma sœur Gaby et moi avons décidé de vivre là-bas. Si tu veux, on t'emmène avec nous. Tu pourras devenir peintre." »

Anita va entreprendre un modelage. Je la suis : « J'avais une sorte de parrain, un voisin de l'hôtel, Jean Sarrazin, fameux animateur de radio. Lui aussi avait vu mes peintures, lui aussi croyait en moi. Il m'encourageait à m'exiler. Aux derniers jours de l'été, Éva Bernier m'a dit : "Alors, c'est oui pour Vaison-la-Romaine ? Logé, nourri, enseigné ? Tu en as parlé à ton père ? Tu feras des petits travaux de jardinage. Nous serons tes mécènes et tu deviendras un jour un artiste fameux." »

Anita, mirette et ébauchoir en mains, rit : « Un artiste fameux, hein ? » Je lui serre le bras : « Oh, Anita, tu me comprendras, j'étais tiraillé. J'ai eu peur et j'ai refusé l'offre. Je suis resté. Là je suis avec toi que j'aime. » Anita, penchée sur son modelage, les cheveux tachés de glaise, creuse une mini vénus callipyge, mais... m'écoute-t-elle ? « Ris si tu veux. Je m'imaginais devenir un nouveau Cézanne là-bas, peignant et repeignant sa célèbre montagne Sainte-Victoire.

« Oh, Anita ! Serais-je devenu plutôt un pauvre vagabond, un Amedeo Modigliani, un ivrogne quêtant aux terrasses de Montparnasse ? Sûr que je ne t'aurais jamais rencontrée. » Elle va au lavabo, enlève son sarreau : « Viens, Cézanne, il est midi, j'ai faim, on va manger du *smoked meat* chez Schwartz's. »

Boulevard Saint-Laurent, une fois attablés, je lui raconte un autre risque d'exil : « J'avais ma marraine,

Corinne Hamelin. Épouse d'un banquier puis tombée veuve, millionnaire. Avec sa fille unique, tante Corinne s'était exilée à Paris, dans la belle et vaste avenue Kléber. » Les doigts jaunis de moutarde, un cornichon à la main, ma blonde me sourit. Je continue : « Enfant, maman me forçait à écrire à ma marraine une lettre à chaque anniversaire. Je devais lui vanter mes succès scolaires, ma belle éducation, l'attendrir aussi sur mon avenir précaire. » Cette fois, Anita m'écoute attentivement. « J'enrageais, Anita. Me faire jouer l'écolier pauvre ! Maman dictait : *Je pense à vous, très chère marraine bien-aimée, je veux espérer votre aide, j'aime tellement m'instruire.* Je devais mouler de belles lettres. Ma mère disait : "Mon p'tit gars, un de ces jours, ta marraine inconnue pourrait bien t'inviter à aller vivre avec elle là-bas, à Paris, et tu fréquenterais des écoles prestigieuses." »

Anita picossait dans son assiette de *coleslaw.* « Tante Corinne ne m'a jamais répondu mais, candide, j'imaginais parfois l'arrivée rue Saint-Denis d'un homme en livrée, gants chics, belle casquette, uniforme impeccable. Il sonnait à notre porte, j'ouvrais : "Faites vos bagages, jeune homme, et dites adieu aux vôtres, je dois vous conduire à l'aéroport de Dorval." »

Vrai, je n'aurais jamais connu Anita Geller.

L'estomac rempli, nous revenons vers l'école. Le boulevard Saint-Laurent bourdonne d'un trafic bruyant. Anita me parle à voix trop basse, fait des pauses, tous ces camions, j'entends très mal : « Ils sont venus nous chercher… Le ghetto de Varsovie était détruit… Ma famille et moi, on entrait dans le premier des camps nazis, le plus grand, celui d'Auschwitz… J'avais juste un petit bagage, oh non, je ne partais pas pour Vaison-la-Romaine ni pour la belle avenue Kléber… Je tenais ma valise en carton bouilli… Je n'ai jamais revu ma mère… En janvier 1945, l'arrivée des soldats russes…» Anita se tait. Tente de rire. Fuit mon regard. Au coin de l'avenue des Pins, elle me montre une vitrine pleine de luxueux vêtements pour enfants et elle a encore son beau sourire si triste.

7

Le père de mon amour

Je pense à elle sans cesse, elle, si habile en modelage. «Cette petite Polonaise a des doigts de fée», s'exclame Archambault. Je repense à ce qu'elle m'a confié quand on a voulu jouer les touristes dans ce tramway décapotable, tout de dorures, que les Montréalais appellent «le p'tit char en or».

Il faisait beau soleil ce samedi midi, et le p'tit char en or devenait une sorte de carrosse de conte exotique. Après la traversée de la vieille ville et de la rue Sainte-Catherine, le véhicule décoré a grimpé sur le mont Royal. Anita se confie: «Enfant, ma mère raffolait comme moi des balades sans but en tramway, c'était un grand bonheur à chaque occasion.» Je demande: «À Varsovie, il y avait donc des tramways électriques?» Elle rétorque en riant: «Pas à Varsovie, à Warszawa, c'est le nom en polonais de ma ville d'enfance.»

Sur un trottoir, des enfants nous font des signes frénétiques, nous prenant pour des visiteurs. On rit, on les salue. «À Montréal, vous avez le Saint-Laurent, là-bas nous avions la Vistule. Ce fleuve traverse tout Warszawa. Ah, que j'ai eu une enfance heureuse!» Elle sourit. De quoi? De se souvenir encore si bien de ces jours de fillette heureuse? «J'étudiais le piano et je jouais une *Polonaise* de notre grand Chopin. "À la perfection", disait mon professeur dont j'étais secrètement amoureuse à dix ans.» Puis Anita devient très triste quand elle me dit: «Tout s'est cassé subitement. Les Allemands sont entrés en septembre 1939 et il y a eu cet affreux ghetto. Trois ans et demi plus tard, ce sera le grand soulèvement, tu as entendu parler, non, de cette terrible révolte? J'avais treize ans et adieu les joyeuses balades en tram électrique. Puis ce sera le grand départ. Pour Auschwitz.»

Nous buvions du café au chalet de la montagne et j'ai vu ses yeux s'embuer de larmes, je ne savais plus où me mettre.

Enfin, j'ai sa photo. Quand Anita n'est pas à mes côtés, j'ouvre mon portefeuille et je la contemple. À mes yeux, elle est *la* beauté. Son visage est… *l'infinie poésie*, oui, poète Aragon. Elle m'a aussi donné une plus grande photo, signée du Studio Larose. Je l'ai posée sur mon pupitre, dans ma chambre, malgré les ricanements des miens. Seule ma sœur, la frêle Marise, l'a prise dans ses mains et l'a considérée très sérieusement. «Ah! c'est ta fameuse Juive, cette Anita? Maman est pas contente, mais pourquoi tu tomberais pas en amour avec une Juive? Pourquoi pas? C'est du monde comme tout le monde. Juive, c'est pas une maladie infectieuse.»

Marise est loin d'être une démente. Dire qu'on la classe parmi les «débiles».

Lucille, surnommée «la deuxième mère», m'a confié à voix basse: «Tu as le droit d'aimer qui tu veux. On a des parents bizarres. Ils détestent mon René parce qu'il roule en bicycle à gaz! Ne te laisse pas faire, je les connais, ils vont tout essayer pour que tu casses avec elle, mais résiste. Ils vont inventer des histoires d'horreur sur sa race, sa religion. Ne les écoute pas et aime qui tu veux.» Ignore-t-elle que des histoires d'horreur ont vraiment eu lieu en Pologne? Je lui parle du peu que je sais là-dessus. Elle m'écoute les yeux tout grands...

L'autre matin, la vieille pimbêche collet monté, Géraldine Bourbeau, nous a surpris dans le vestiaire, Anita et moi, en train de nous embrasser. Elle m'a étonné en s'exclamant: «Bravo! Aime et fais ce que tu veux, recommande Augustin, le saint. Oui, oui, il a écrit: aime et fais ce que tu veux!»

Lucille a été forcée de quitter son emploi de midinette pour aider maman. C'est donc fini d'engager à quinze piastres par semaine une servante venue de la Gaspésie ou du Saguenay. Lucille est devenue notre dévouée «bonniche» gratuitement. Elle chantonne sans cesse pourtant, toujours vaillante, indispensable à la trâlée. Marcelle, surnommée «l'épivardée», a abandonné l'école elle aussi, elle est devenue à son tour une midinette. Chaque vendredi soir, je la vois qui remet à ma mère sa petite enveloppe brune, son salaire de la semaine, de l'argent durement gagné dans ce qui s'appelle «la guenille», dont une part devait servir à défrayer ma dernière année d'études classiques. J'en éprouve, chaque vendredi, une sorte de honte. Moi, j'étudie maintenant un peu à ses crochets la céramique, l'histoire de l'art.

Marielle, ma cadette de treize mois, n'aime pas trop étudier et répète qu'elle voudrait bien gagner un salaire. Quant à mon frère Raymond, treize ans, il semble ne pas trop bien se débrouiller en neuvième année et papa parle de l'École des arts et métiers pour l'an prochain, lui recommande la cordonnerie. «Voilà un métier solide, sérieux, indispensable, lui!»

Enfin, Marise, cataloguée «aliénée légère», sera retirée de l'école mais, Providence bénie, voici que monsieur Hudon va la laisser assister librement aux cours de son *Business College*, l'école commerciale privée voisine de notre logis.

Oh! ma belle Anita, ma déesse, ma fée, oui, j'ai ta photo dans ma veste de velours côtelé, tout contre mon cœur, et je t'aime pour toujours et à jamais, ma belle exilée, ma belle réfugiée, ma blonde Juive… qui mange tout le temps!

Un beau samedi matin, soleil ardent avec du fort vent, main dans la main, Anita et moi allons au grand parc La Fontaine. Pelouses couvertes de corps étendus, piétons joyeux dans les allées, des enfants courent derrière des ballons de couleurs.

Arrivés au chalet de pierres grises, nous nous dirigeons vers l'entrée du local marqué «Les amis de l'art». Au sous-sol, il y a ce comptoir ouvert au monde étudiant où on distribue à ceux qui ont leur carte de membre des billets de faveur à bon marché pour des concerts, de grandes expositions, des spectacles de théâtre ou de danse. On se met en file. Pas loin, un chien fou court après sa queue. Je ris. Anita rit. Patients, nous observons deux écureuils très blonds qui se livrent, dans les basses branches d'un érable, à d'étranges cabrioles. Sur un banc du parc, pas bien loin, un vagabond en guenilles soliloque en éructant un chapelet de jurons bien sonores.

Nous venons souvent ici avec des camarades de l'école. Grande joie quand on obtient de ces billets à très bon prix. Cette fois, c'est pour aller voir, au deuxième balcon du Her Majesty's, rue Guy, le très célèbre acteur Louis Jouvet et sa troupe venue de Paris. Le grand comédien présente sa version de *L'École des femmes* de Molière. Il paraît que c'est génial et on a tous très hâte. Le spectacle aura lieu cet après-midi.

Anita me laisse et part en courant examiner de près ce duo d'écureuils, vrais acrobates. J'aime la voir courir, j'aime l'entendre rire. Elle rit avec des éclats aigus, on dirait parfois entendre des sanglots, une drôle de musique. La voir rire en ne perdant jamais ce voile de tristesse sur ses yeux bleus, «céruléens» dirait Normandeau, l'expert des émaux. Je la vois qui sort un sac de cacahuètes et en jette à ses pieds. Les bêtes se précipitent sur elle. Elle recule en riant, elle rit tant, épaules secouées, puis pivote sur elle-même, me voit, me fait des saluts à la Charlot, renverse tout le contenu de son sac, rit de plus belle. C'est de sa grande sacoche de lin qu'elle sort toutes ces friandises variées. À genoux sur la pelouse, elle tente maintenant de récupérer les restes répandus. Les écureuils rivalisent d'adresse avec elle. Elle les chasse, mais en vain, me fait des signes de détresse, je ris, elle se redresse, me montre soudain un visage grave.

Les petites bêtes foncent dans son magasin portable de raisins, d'oranges, et quoi encore? J'agite, sorti de ma poche de duffle-coat, un sac de jujubes multicolores, de ceux qu'elle aime tant. Elle court aussitôt vers moi, avec sa fringale habituelle!

Enfin, la porte basse du chalet s'ouvre au public. Comme nous sommes en tête de file, nous aurons de très bons billets au balcon pour cet après-midi.

Jouvet nous a beaucoup impressionnés. Cette Agnès, à la fois naïve et maligne, nous a ravis. Aussi, le très beau décor tout de rose et de gris signé Christian Bérard. Génial! En sortant, troupe de policiers en face du théâtre, il y a eu sans doute une bagarre. Toute la rue Guy grouille de monde, de témoins involontaires et encombrants. Bâtons en l'air, les flics tentent de les disperser. Il y aurait eu – la rumeur – une terrible bataille. Un loustic en loques s'énerve, il en a encore les yeux tout agrandis, ce clochard qui sent l'alcool à plein nez s'accroche à nous: «Oh, là, là! mes p'tits amis, pas surprenant, ces bagarres, le Royal Pub est devenu un vrai trou, une taverne de fous furieux!»

On traverse la rue, un homme ensanglanté se tord, se débat, près d'une étroite ruelle. Des agents nerveux viennent nous prier, visages de fer, de circuler. Je dis à ma blonde que je veux aller la reconduire. Je veux savoir exactement où elle habite. Anita me dit: «Non, il y a mon père qui m'attend à son travail, pas loin d'ici. À demain!» J'insiste pour l'accompagner, elle refuse. Je lui demande si elle a honte de moi. Elle rit, proteste et accepte finalement que je l'accompagne. Nous arrivons en face d'une quincaillerie où il y a un panneau aux lettres énormes : J. Pascal's Hardware. On entre. Je la suis vers le fond du magasin. Anita ouvre une porte métallisée et va embrasser un homme aux grandes oreilles qui dépose aussitôt un lourd appareil électrique sur un établi. C'est un géant maigre aux cheveux rares et luisants comme de l'acier frisé. Il a un visage gravé de traits profonds, sourit à sa fille, l'embrasse sur les deux joues, comme ils font en France. Elle me présente mais il ne me voit pas vraiment. Une poignée de mains distraite. Il ne regarde que sa fille, souriant. Comme hypnotisé par elle. Enthousiaste et rieuse, Anita lui raconte un peu le spectacle. En l'écoutant il l'entraîne derrière un muret, puis vers une sorte d'entrepôt. Je les suis.

Elle semble toute fière de lui, ses yeux brillent, elle continue de lui parler du Molière avec cette prodigieuse troupe de Jouvet, lui dit qu'ils devraient aller ensemble voir *Le Malade imaginaire* au théâtre du Gesù… Elle se tourne vers moi : « C'est une pièce que papa et moi avons vue à Varsovie en 1939. J'étais une enfant. » Son père me regarde enfin : « Un spectacle inoubliable, jeune homme, vraiment inoubliable. » Il a l'accent raboteux des immigrants des Pays de l'Est. Il va ranger avec application des fers à repasser, des grille-pain, des bouilloires, des fusils à souder. J'observe maintenant ce géant qui défait les cordons de son tablier. Je remarque ses yeux sombres qui brillent pourtant au fond des orbites.

Anita s'installe sur un escabeau, n'en finit plus de lui décrire la jeune Agnès et les autres personnages. Ce

Goliath l'écoute avec une totale attention. Ses lèvres sont épaisses et d'un pourpre étonnant, il a, comme Anita, un sourire triste. «C'est donc vous? Ma fille m'a parlé souvent d'un camarade très doué. Elle vous admire beaucoup. C'est donc vous? Croyez-vous qu'elle me dit la vérité au sujet de votre grand talent?» Nous rions. «Elle me dit également que ce jeune homme la suit partout, oui, un vrai pot de colle, c'est la vérité, ça aussi?» Anita lui donne des petits coups de poing.

Il nous entraîne dans un autre local, sorte de cagibi au fond du magasin. De vilaines odeurs s'échappent d'un placard ouvert. Le père va vite refermer la porte. Puis il prend ses souliers de ville et me dit: «Mon jeune ami, je voudrais bien vous inviter à la maison, mais nous avons des visiteurs qui viennent de très loin. Tu le sais, ça, ma petite.» Anita précise: «Papa se trompe. Nos visiteurs de Newark arrivent demain. Mais ce soir, c'est la soirée sacrée de tante Helena.»

Le père marche vers la sortie de l'entrepôt. Il a pris une voix grondeuse: «Helena, c'est la femme qui nous a sauvés. Je regrette, ma petite Anita nous est indispensable ces jeudis-là.» Je lui dis comprendre la situation.

Ce géant aux manières brusques me fait un peu peur. Comment l'amadouer? Quoi lui dire pour me rendre sympathique? Alors, un peu stupidement, je dis à cet homme que leur monde m'intéresse. Je lui parle de quelques fêtes juives, papa m'a instruit, je récite: *Pessah, Pourim, Hanoukka*. Il éclate: «Pourquoi me parler de ça? C'est terminé, ces salades! Pour moi, la religion n'est qu'un fatras de merde et je ne veux plus rien savoir de cette mascarade, de ces bouffonneries, de ces tromperies odieuses, mon jeune ami. C'est fini à jamais, ces croyances nigaudes. Celui-là, qu'on nomme "le Très-Haut", c'est une sinistre farce. Alors, je vous en prie, je ne veux plus entendre un mot sur ces sornettes.»

Il se calme soudain. Il se tait.

Ma gêne... Celle d'Anita.

Il a cessé d'aller et venir le long des fenêtres de l'arrière du magasin, la longue silhouette démontée se calme. Il se laisse tomber sur des sacs de plâtre pour enlever ses bottes de travailleur. Je reste embarrassé, Anita davantage. Il me fait soudain un étonnant sourire. D'une voix radoucie: «Personne, ni Jehovah ni Satan, n'est venu à Auschwitz pour nous secourir. Mon jeune ami, lisez *Si c'est un homme*, de Primo Levi, une lecture essentielle. Le ciel est vide et c'est une bonne chose. Vous comprenez? On ne doit plus jamais compter sur ces grandiloquentes vieilles écritures des rois, des juges et des prophètes. Foutaises! Nous l'avons payé cher.» Nouveau malaise chez moi. Plié en deux, soupirant, monsieur Geller met ses souliers et les lace l'un après l'autre puis va ranger ses effets dans un placard encombré, il m'ébouriffe la chevelure d'un geste amical en passant près de moi: «Je ne crois plus qu'à moi! À maintenant. À mon tablier. À ce magasin. À ma fille. À Helena, sa tante, ma sœur encore vivante par miracle, comme moi.»

Il nous précède dans le magasin: «Je vous prie de ne plus jamais me parler de ces fêtes stupides, c'est une saloperie sans nom.» Anita sort, je reste un peu figé et regarde son père intensément. Il ferme les yeux, cherche son paquet de cigarettes dans sa poche de chemise, le trouve, en sort une, m'en offre, je refuse, encore ébranlé, je dis : « Monsieur, je ne voulais pas vous offenser et je suis désolé. » Il me sourit.

Rendu dans une allée de la quincaillerie, je me sens mal. C'est bizarre. Je m'adosse à un mur. Le père d'Anita me prend le bras : « Ça va, oui ? Je m'excuse de m'être emporté, vous ne pouviez pas deviner. » Je ne savais pas quoi dire, il a endossé un imperméable et il se dirige lentement vers la sortie du magasin, Anita le suit en silence, je voudrais être ailleurs.

Dehors, sur le trottoir, le père prend sa fille par le cou et s'éloigne d'un pas pressé. À cause du bruit du trafic, il me crie : « Nous nous reverrons peut-être une autre fois. Je crois que maintenant, vous saurez de quoi il vaut mieux ne pas me parler, pas vrai ? » Il accélère le pas, filant vers le coin de la rue Guy. Anita se laisse entraîner, docile. Moi, je les regarde courir tous les deux vers le tramway Côte-des-Neiges. Ils y montent. Le tram grondant sur ses roues de fer s'ébranle en faisant sonner sa clochette.

J'ai retrouvé dans ma poche de duffle-coat le reste d'un sac de biscuits au chocolat. J'en mange. Tantôt, au balcon du Her Majesty's, Anita en croquait en écoutant Louis Jouvet et sa grande peur d'être cocufié par Agnès. Arrivé au coin de Saint-Denis, je change de tramway pour celui qui me conduira à mon coin de rue, Jean-Talon. Il y a plein de monde à cette heure du souper. Accroché à une des poignées pour les gens debout, je suis très songeur, je ne me sens pas bien du tout. J'en sais si peu sur ces camps nazis. Avoir vu tant de colère si soudainement, à cause de mes trois mots de trop. Je repense à un documentaire vu au ciné-club à l'École technique en face des Beaux-arts. C'était si effrayant que j'avais cru à un film arrangé, à du montage, pas à du vrai documentaire. Tous ces squelettes qu'un tracteur, lugubrement, poussait dans des fossés!

Mon Anita et son père venaient-ils d'un tel enfer?

J'ai ramassé par terre un journal et l'ai ouvert. Je lis que, hier, le célèbre boxeur Marcel Cerdan a battu Tony Zayle. Puis que le directeur du *Canada*, Guy Jasmin, a répondu à Borduas à propos de *Mort du surréalisme*. J'ai fourré *Le Canada* dans ma poche de duffle-coat. Trouvant enfin un siège, j'ai fermé les yeux, songeant que papa-le-pieux n'aurait pas apprécié du tout cette crise anti-religieuse, les imprécations de monsieur Geller, sa sortie véhémente avec des yeux de colère, de détresse. Papa en aurait fait une syncope.

Au fond de moi, je me promets que si mon père me revient une seule autre fois avec sa misérable religion de «charbonnier», je lui fais une scène semblable. Je lui parle de son cher Bon-Dieu-Tout-Puissant, miséricordieux, qui a abandonné tous ces gens, ces martyrs, dans les fours crématoires d'Auschwitz. Je verrai bien ce qu'il me dira alors.

Je n'avais pas envie de rentrer pour souper, alors j'ai marché vers le Delico, le restaurant grec du coin aux néons tremblotants. J'y suis entré comme machinalement. Une serveuse rousse m'a conduit à une table de formica et j'ai commandé un Coke.

Je voulais rester seul. Je revoyais les petits saluts d'Anita derrière la fenêtre du tram, je revoyais son sourire si beau, si triste. J'avais lu dans *Fort comme la mort*, un roman pigé à la librairie de tante Rose-Alba au 7453, rue Saint-Denis : *Les gens tristes ont les plus beaux sourires du monde.* Je ne voulais plus penser qu'à demain. Au 42, avenue des Pins. Elle sera là, elle aura de la glaise plein les mains et elle me sourira.

8

Raku, bol japonais

Anita et moi sortons de *Trois Farces* de Molière, un vivant spectacle très cabotiné par les Groulx, Coutu, Hoffman et Jean Gascon, le patron de cette jeune compagnie du TNM.

Nous décidons d'aller rejoindre Gréco; le cher camarade, ébloui par le Malraux des *Voix du silence*, travaille le soir chez Carli-Petrucci. C'est un atelier de moulages de statues pieuses situé rue Wolf. Michel nous fait visiter ce vaste local rempli de Saintes Vierges dont il peint les yeux en bleu. Il peint aussi de belles barbes couleur chocolat aux saints Joseph enlignés comme des soldats désarmés tout au fond de l'atelier.

Attablés tous les trois au café Noir et Blanc, rue de Bleury; Anita, soudain, consent à nous parler de son ghetto de Varsovie: «Nous vivions à cinq familles par appartement, et il y avait un code affiché à l'entrée du nôtre disant qu'il fallait sonner cinq coups pour la famille Geller. Nous habitions sous les combles. Mon père jouait du violon pour ramasser un peu de sous, car on avait saisi tous ses outils de mécanicien.»

Elle se tait un long moment. Gréco et moi, on reste muets, embarrassés. Anita avale un peu de son café bien noir. Nous la sentons rêveuse et tellement triste. «Dans le ghetto, il y avait des cafés, vous savez, on y allait parfois pour des concerts ou même des variétés. Nos humoristes blaguaient sur les misères du ghetto. La vie était difficile pourtant. Un pain se vendait 5 zlotych, un gâteau, 50 groszy. Certains, à mots couverts, condamnaient l'Univers tout entier. Ils parlaient d'une vaste conspiration du silence dans le reste du monde…»

Gréco, l'élève le plus brillant de Pellan aux Beaux-arts, enrage à l'écoute de son récit: «Vous deviez être complètement désespérés?» Anita: «Non, il y avait des lueurs d'espoir, par exemple ces bonnes sœurs audacieuses qui fabriquaient des faux papiers, des faux passeports. Certains d'entre nous réussissaient à fuir notre *shtetl* pour la Belgique ou pour l'Argentine. On espérait. On ne savait plus trop quoi. Mais on espérait.»

D'un tempérament facilement émotif et porté sur les condamnations, Gréco, bouleversé, se lève en renversant des chaises. Il tourne en rond, les poings fermés, les mâchoires contractées. Il se rassoit et bredouille d'étranges excuses, se relève encore, jure et puis s'en va.

Triste, Anita se lève aussi. Je propose d'aller la reconduire et, pour la première fois, elle accepte.

Étudiants en art, nous nous intéressons aux bouleversements récents dans le milieu des peintres. Ils sont nombreux à Montréal, alors métropole de toute la fédération canadienne. Toronto n'est qu'une grosse ville qu'on dit sans âme.

Deux dynamiques manifestes ont été publiés la même année et nous sommes excités par ce bouillonnement en *bohémie*, ce petit territoire méprisé par les parents et voisins, autrement dit «les vieux». Nous n'étions qu'un «gros paquet de misérables rêveurs», se lamentait le chœur des réactionnaires. Notre portrait? «Des jeunes détraqués sans foi ni loi.» Les conservateurs de tout acabit méprisaient ces révoltés. Tous ces débats sont bien difficiles à cerner pour nous, jeunes étudiants en art. Comment bien suivre nos aînés parfois déchaînés? Comment bien comprendre les enjeux, les luttes, un clan contre un autre, sur l'état de la peinture actuelle? Il y a cette bande de créateurs bien cotés, rassemblés autour d'un texte de Tonnancour édité par Alfred Pellan, *Prisme d'yeux*. Leur manifeste, très commenté par les peintres, veut s'opposer à la nouvelle tendance des jeunes disciples de Borduas, les Automatistes. Ceux-ci prônent un art abstrait fait d'émotions brutes, de gestes d'instinct.

Ça discute fort partout dans nos cafés familiers, une atmosphère effervescente. Cette «guerre» Pellan versus Borduas nous excite. Évidemment, dans ma bande, nous nous rangeons avec ceux de l'art tachiste et sauvage, avec Borduas. Des signataires du groupe *Prisme d'yeux* sont des artistes cotés, les Albert Dumouchel, Léon Bellefleur, Jean Dallaire, Jeanne Rhéaume, Pierre Garneau, et aussi lui, notre cher prof, Louis Archambault. Mon père, un peintre autodidacte à l'art naïf, me répétait: «C'est quoi? Ça nous mènerait où tous ces barbouillages? Pourquoi, mon petit gars, fuir la nature, les réalités autour de nous?» Papa couvrait de ses petites murales d'art primitif les murs de son restaurant.

Tous nos grands querelleurs étaient plutôt du côté de l'art dit «enfantin» et se réclamaient de Picasso, le grand Catalan, Joan Miró et ses tableaux oniriques, Salvador Dalí et ses montres molles, Paul Klee au surréalisme cocasse, du sculpteur Constantin Brancusi et de ses ouvrages épurés. Ceux de *Prisme d'yeux* défendaient donc un art surréaliste et les adversaires du groupe de Pellan les jugeaient arriérés de se ranger derrière les diktats d'André Breton.

Au 42, avenue des Pins, Archambault, jouant les grands frères, nous montre sa sculpture toute fraîche démoulée. Derome et moi nous moquons de cette grosse bestiole montée sur deux gigantesques boules. «Ouash, Louis, c'est quoi ça?» On ricane. «Est-ce un *shmoo*, avorton sorti tout droit du "comic" *Li'l Abner*?» Rageur, Archambault sort son marteau et réduit en miettes ce bizarre animal. Alors, fiers, on se dit qu'on a de l'influence sur un artiste consacré.

Un jour, à propos des Automatistes, Archambault en remet: «Ces barbouilleurs incontinents ne savent même pas dessiner!» Lui, il a adopté le style d'un art moderne dompté, calculé, «stylisé», son maître mot. Les épurations du grand Arp sont ses modèles. Ceux de *Prisme d'yeux* se méfient d'un art gestuel aux dégoulinures baveuses, aux éclaboussures, aux coups de spatule à l'aveugle. Je défendais le *dripping* qu'un reportage de la revue *Life* illustrait, pratiqué par le jeune Jackson Pollock qu'Archambault surnommait «Jack l'égoutteur».

Dès février, c'était la querelle dans notre *landernau*. En août, chez le libraire Tranquille, c'était la parution en 400 exemplaires du manifeste nouveau, *Refus global*.

Deux camps ennemis donc. Il y a de l'agressivité dans l'air mais nous, inconnus, aspirants à la célébrité, nous restons à l'affût. Un vrai pugilat : le gang à Pellan contre le gang à Borduas. À qui la victoire ? Borduas, congédié de l'École du meuble où il enseignait la peinture, nous semble le plus avant-gardiste. Des aînés de l'école nous répètent : « Savez-vous bien qui on a mis dehors ? Un génie ! Un professeur hors du commun. » Alors, au cours de peinture, rue Berri, j'ose questionner son successeur, monsieur Félix : « Est-ce que vous estimez Borduas et cette peinture abstraite ? » Goguenard, prudent, Félix me jette : « Je ne me mêle pas de ces vaines chicanes, j'enseigne les rudiments de la peinture, point final. »

Refus global a osé proclamer un anticléricalisme violent. Borduas a été aussitôt mis à l'Index et interdit d'enseignement. Père de famille, il s'est retrouvé chômeur. Pour nous, c'est un scandale ! On n'en revient pas, mais mon père décrète : « Notre chef Duplessis a fait ce qu'il fallait. Pas de place pour les athées. Je suis content. Tu as échappé à l'emprise d'un suppôt de Satan. Concentre-toi sur la poterie, tout le monde a besoin de vaisselle. Oublie la peinture, as-tu envie de virer vagabond alcoolique ? Comme ce Léo Ayotte qu'on voit pisser sur les arbres et coucher dehors au carré Viger ? »

Je me sauve de mon paternel.

Avec de la gouache, je beurre – le mot de papa – des pièces de carton. Je veux que *la matière chante*, comme l'affiche le poète Gauvreau, défenseur de l'Automatisme. À L'Échouerie, café voisin de l'atelier, ou à La Petite Europe, on entend parler maintenant d'un troisième clan ! Celui du plasticisme, d'un art géométrique dont le maître serait un certain Mondrian. Le nouveau groupe prépare aussi un manifeste. S'y trouvent Rodolphe de Repentigny, qui est aussi critique, Belzile, Jérôme et Fernand Toupin.

Il va donc y avoir encore de l'action sous peu.

Ce que je ne dis pas à mon père, c'est cette nouvelle envie qui me taraude : devenir acteur. Nous sommes allés, Anita et moi, au théâtre des Compagnons pour y entendre un poète de Paris, Pierre Emmanuel. Il a déclamé avec une verve incroyable, une fougue rare, *Babel*, son long poème. Excités, stimulés, nous sortons d'une soirée rare. J'envie secrètement ce poète. Je rêve de pouvoir en faire autant. Sur le trottoir, rue Delorimier, je dis à ma blonde : « J'aimerais devenir un acteur ! » Anita, rieuse : « Mon amour, tu as une belle voix, vas-y, va étudier la diction ! » J'ai pris rendez-vous avec le comédien Yves Létourneau, chez les Compagnons, et ce dernier me reçoit assez froidement dans le bureau du fondateur, Émile Legault. Je suis nerveux. Je lui récite une fable de La Fontaine. Puis un extrait du *Cid* de Corneille. Létourneau me paraît glacial. Après un long silence, une moue évidente, l'acteur me recommande d'aller prendre des cours : « Allez chez Rozet, ou chez Sita Riddez. Où vous voudrez, mais c'est indispensable si vous voulez entrer aux Compagnons. »

Un pis-aller ? Je songe à devenir annonceur de radio dans une station lointaine, un poste en province. À Chicoutimi ou à Rimouski. J'écris à Radio-Canada. En attendant, je me présente chez Pierre Gauvreau. Le frère du poète est le jeune directeur à la radio de CHLP. J'y fonce. La Fontaine et Corneille encore. De nouveau, froideur totale et : « On vous téléphonera. »

Têtu, je décide de rencontrer « la fille du généalogiste cinglé », selon papa, cette cousine célèbre, Judith Jasmin, qui me reçoit gentiment. « J'aide parfois de parfaits étrangers, je ne vois pas pourquoi je n'aiderais pas un petit-cousin. »

Judith m'organise une audition avec le chef des annonceurs, un certain Miville Couture et, un matin, me voici dans un studio vitré, regardant tourner un large microsillon sur un tourne-disque. Texte en mains, je dois lire un bulletin de nouvelles, un texte piégé, bourré de noms étrangers. Nouvel échec et lui aussi : « Allez vite prendre des cours. »

Retourner alors avenue des Pins. M'asseoir à un tour. Centrer ma grosse balle d'argile. La percer en son centre avec mes deux pouces. Lui ouvrir une belle panse. Regarder tourner le pot à lait. Plus tard, prendre une mirette de buis et tracer un décor. Avec mon ébauchoir, lui fixer un joli bec verseur, et lui coller une poignée avec de la barbotine. Aller l'entreposer dans l'armoire humide toute tapissée de tôle pour un séchage bien lent.

Reste-là bien tranquille, petit pot verseur, que je ne te prenne pas à fendiller, joli pichet de mon âme ! Je ne serai donc pas acteur.

Notre Montréal grouille d'indignation, la police a mis en cellule une sculpture en bois du jeune Robert Roussil intitulée *La Famille*, seins et sexes montrés clairement. Plus tard, on interdit au libraire Tranquille d'exposer en vitrine le gros Balzac de bon bois du même Roussil. Ce jeune vétéran de 1945, venu de Rosemont, ne savait pas – l'ignare – qu'au pays, Balzac est un auteur maudit, proscrit, mis à l'Index !

Acteur ? J'y renonce donc. Écrivain ? Grande envie. Ma Vénus de Varsovie est en voyage chez une tante qui habite Brooklyn. Moi, pendant tout ce congé de Pâques, je m'enferme dans ma chambre. Assis à mon petit pupitre d'ex-collégien, je rédige ma toute première pièce de théâtre. J'entends maman dans sa cuisine qui fredonne sans cesse des airs de son cher Tino Rossi, sa radio portative juchée sur une armoire. Ça ne me dérange pas. Ni *Marinella* ni *Amapola* n'empêcheront la venue au monde d'un auteur, dramaturge surdoué, n'est-ce pas ?

J'écris à toute vitesse. Quelle mouche me pique ? Il y a que, récemment, j'ai eu une fringale de lecture théâtrale. Encore influencé par mon camarade Gilles Derome, j'ai dévoré tout Pirandello. Puis tout Federico García Lorca. Aussi tout le répertoire du fameux Bertolt Brecht. Ce dramaturge allemand me séduit tant que je tente de l'imiter. Je ponds *Le veau dort*, une suite de tableaux insolites reliés entre eux par les propos désenchantés d'un embaumeur itinérant, aussi soupirant désespéré de l'un des personnages féminins. Une sorte de revue, influence de Bertolt Brecht, avec des couplets-à-chanter. Mon enfilade de scènes à la sauce absurde me vient aussi de mon admiration pour Ghelderode, Beckett et Adamov. Davantage encore pour Eugène Ionesco.

Je me rendrai lire mon texte chez notre prof de philo, Lucien Boyer, mais ce dernier en est scandalisé. Grande surprise! Le prof me recommande de le détruire: «Tu traverses une mauvaise passe, mon p'tit vieux, c'est d'une noirceur insoutenable, insupportable, tellement déprimante. Jette ça!» Affreusement déçu, le jeune dramaturge – génial! – lui en veut, alors je ne retourne pas à ses cours du 7054, rue Saint-Denis. Je le boude, cet incapable de percevoir l'immense, l'étonnant, le surprenant talent d'un débutant. Bibi.

Ce lundi matin-là, ma gracieuse Anita marche devant moi, parle donc Aragon: *Elle avait la marche légère/et de longues jambes de faon.* À ses côtés, deux autres filles de l'atelier, la grasse Janine, future potière de Saint-Jean, et la maigrichonne Colette, exilée de Beauport. Anita porte une robe blanche à fleurs bleues qui fait chanter sa blondeur, un bien joli chapeau de paille à large rebord que le vent remue sur sa tête. Elle noue et renoue un long ruban jaune autour de son long cou, si fin. Elle va d'un pas comme… aérien, si souple, une liane. Son élégance me ravit.

Les filles placotent avec verve et Anita semble ne pas me voir, hélas. Je l'admire de loin. À l'école, je me dois de l'aimer plus ou moins en secret. Calculer nos gestes devant les autres. La peur des moqueries. Je n'oublie pas ce jour de septembre où je suis *tombé en amour.* Anita tentait alors de modeler un étrange poupon ailé, cocasse cupidon joufflu, sans arc ni flèche, tenant plutôt un trident et, au lieu du carquois sur son dos, un crâne! J'étais venu lui offrir les deux ailes très blanches d'une mouette trouvée morte pas loin d'ici.

Coup de foudre. Cupidon vivait!

Aujourd'hui, c'est notre première visite en groupe au musée de la rue Sherbrooke. Nous marchons donc joyeusement vers l'ouest de la cité. Une sorte de congé. En tête de file, raide comme une barre de fer, le dos cambré, notre sérieux maître, Pierre Normandeau. On dirait une sorte d'automate, visage dur, toujours grave.

Dès la sortie de l'atelier, il a pris un pas souverain, tête de proue investie d'une mission, et nous conduit, gonflé de fierté, vers un tabernacle qu'il juge sacré. Tous les jours, notre prof titulaire offre ce port altier, ces allures majestueuses, ce qui fait que nous le craignons. Il nous intimide. Normandeau ne rit jamais, sourit rarement. Tout le long de cette rue Sherbrooke, c'est la hâte fébrile. De tout temps, les étudiants ont aimé les sorties. L'excitation est palpable parmi nous.

Le noble «diplômé de France» va nous initier à «la céramique de Chine, qui est la mère vénérable de notre art», a-t-il spécifié. Sans se retourner, on l'entend qui déclare de sa voix de gorge: «Vous allez bientôt découvrir des chefs-d'œuvre d'une beauté inégalée. Marchons, marchons. Oui, vous allez voir des pièces immortelles!»

Quel beau lundi archilumineux! Le soleil est vraiment éclatant. Dans certains parterres de riches demeures, les érables sont déjà sang et or. Plus tôt, au moment du rassemblement sur le trottoir devant l'école, notre professeur a dit: «Partons pour un pèlerinage béni vers l'art asiatique dans toute sa pureté, toute sa magnificence; mes amis, en route vers l'art total!» Il fait si beau, on préférerait grimper sur le mont Royal pas loin. C'est encore le plein été, dirait-on. Il y a de la joie dans l'air, mais il nous faut suivre notre maître sévère. On l'observe qui cause avec son épouse née en France, qui est notre prof de chimie. Elle tenait à nous accompagner. Normande, son nom à elle qui a épousé un Normandeau!

C'est une femme timide et secrète, plutôt taciturne, qui porte tout le temps un sarrau d'un blanc immaculé. Cette chimiste, diplômée de Sèvres, nous semble fort compétente. Elle a un bel accent et elle sait tout de la chimie des argiles, des émaux, nous dispensant un jour par semaine les secrets techniques de la céramique moderne. «Vous sortirez d'ici beaucoup mieux informés que de simples potiers. Vous serez de véritables techniciens spécialisés», nous a-t-elle déclaré au début de sa série de leçons.

Devant l'hôtel Ritz, de l'autre côté de la rue, nous voyons arriver une noire limousine qui stationne. Un jeune chauffeur à casquette s'empresse d'ouvrir les portières et en sortent quatre hommes en soutanes rouges. Une Cadillac blanche s'amène à son tour et en descendent, rieuses, quatre dames aux vêtements d'un grand chic qui se joignent aux nobles ensoutanés. Normandeau a bien vu la scène bizarre et nous fait de grands gestes intraduisibles.

On traverse la rue pour voir la vitrine de la galerie Klinkhoff affichant du Jean-Paul Lemieux et du Marc-Aurèle Fortin, plus loin, un grand Paul Klee. Bref arrêt.

Grimace du maître qui déteste l'art moderne. Il s'est dit scandalisé quand j'ai voulu, à la rentrée, lui parler de mon admiration pour Braque et Picasso. Pour Henry Moore aussi. On avance vers l'ouest et, à la Dominion Gallery, au milieu de la vitrine, justement une sculpture de Moore. Nouvelle grimace du maître. Moi qui l'aime tant et lui qui dit : « Pressons-nous, pressons-nous ! »

Un vent s'est levé et, venue de l'ouest, une caravane de nuages roses, petits vaisseaux d'ouate qui voguent au-dessus de Montréal. Je regarde sans cesse ma jolie camarade de classe qui jacasse avec Janine. Qui mange sans cesse, des noix, des bonbons, des raisins. Anita et ses cheveux d'or au vent. Comme ma petite camarade d'atelier est belle dans cette rue aux édifices gris ! Mon cœur bat la chamade. Je ne la quitte plus des yeux, je suis hypnotisé par sa grâce, par cette sorte de désinvolture, cette légèreté inouïe, sa manière de rouler des hanches, cette jeune féminité extraordinaire. Je ne vois qu'elle et me cogne à une géante femme qui promène deux grands lévriers. « *Please, young man ! Watch out, be careful !* » Je demande pardon. Je suis fou, ma foi. Je n'écoute pas Derome qui me cite des aphorismes inventés par son ex-prof à Brébeuf, le poète d'*Axes et parallaxes*, de *Strophes et catastrophes*, un certain François Hertel, un jésuite jargonneur.

Non, il n'y a qu'elle. Je n'écoute pas davantage Legault qui veut me raconter un incendie survenu la veille dans une grange près de chez lui, à Pierrefonds. Je l'aime bien, le robuste Paul avec ses allures de paysan. Fils et petit-fils de cultivateurs, Legault semble égaré parmi nous, les citadins délurés que nous sommes. Il m'a dit, l'autre matin, au moment où on épandait de la barbotine dans les coques de plâtre : « Moi, mon vieux, de la bouette, ça me connaît, chez nous, on est tous nés les deux pieds dedans ! » Il m'a fait rire, ce jeune potier, nabot musclé.

Excité, Cartier, l'amateur de musique classique, le fiancé secret de Janine, vient me parler de la venue prochaine à Montréal d'une troupe d'opéra. Je suis plutôt amateur de jazz. Je fréquente parfois le Rockhead's Paradise où de grands noms du jazz étatsunien passent. Ils se livrent à de délirants *jam sessions*. Un soir, j'ai pu y entendre une énorme négresse de Harlem chantant « *I feel like a motherless child* ». J'en avais eu des frissons. Mais c'est de l'opéra qui résonne dans les radios de ma ruelle tous les samedis. Tous nos Italiens du quartier sont des passionnés de leur cher Caruso et du fameux Beniamino Gigli. Cartier apprécierait !

En queue de file, marchent côte à côte le maigrichon Bouchard et une vieille dame digne, Géraldine Bourbeau. Qui est une terrible imprécatrice du « maudit art moderne décadent ». Ses mots. L'osseuse Géraldine, rédactrice à *Liaison*, nous a déclaré, le jour de la rentrée : « Je suis une femme de plume qui a un besoin viscéral de travail physique, de travailler de ses mains, un besoin de concret. » Trottine donc à ses côtés ce long Bouchard-le-maigre qui joue le grand confident de l'intellectuelle renommée. Bouchard lui tient fermement le bras, lui parle de sa voix de fausset. Il a un visage d'ascète, un tableau d'El Greco, maniéré, efféminé, il sursaute à chaque coup de klaxon.

Devant moi, avec sa voix mécanique et sa gesticulation de marionnette, la catholique de gauche, Patricia

Ling, toujours mal vêtue, dépeignée, un visage rond, lune blême. Elle aime la sculpture religieuse d'antan, écoute du grégorien. Son compagnon de marche, Maurice Savoie, est un long échalas venu de Granby.

Mais moi… moi, je ne vois qu'elle, je ne vois qu'Anita.

Enfin, on y est. Voici la noble façade du musée, nous grimpons son bel escalier. Sous le portique à colonnes, le cortège s'immobilise. Normandeau a un vaste geste pour nous rassembler : « Mes amis, préparez-vous tous, car vous allez voir de fameuses collections à l'étage. J'y suis venu dimanche dernier pour prendre des notes. Vous allez découvrir un lot de vitrines toutes remplies de poteries d'une rare perfection. Entrons et ouvrons bien les yeux. » On le suit. Anita dévore maintenant de minuscules biscuits apportés de chez elle.

« Tu en veux ? C'est un cadeau de ma tante Helena qui en garde la précieuse recette, son secret. » Elle rit. « Goûte, c'est divin », me dit-elle, la bouche pleine, son sac grand ouvert contient aussi des pêches. J'engloutis un gâteau et un autre, des biscuits… très sucrés. Anita-la-sucrée ? Violente envie de l'embrasser devant tout le monde. Je me retiens. Elle offre ses gâteaux autour d'elle, même le prof en prend un et l'apprécie, émet même des borborygmes de satisfaction. Surgissent deux enfants qui se tiraillent en criant dans le noble escalier intérieur. Claquant dans ses mains, leur mère impose le silence. Accidentellement, un gardien s'accroche les pieds dans un rideau de velours, s'y empêtre, se démène, jure à voix haute. Normandeau, avec souplesse, a fini de grimper l'imposant escalier de marbre. Il fonce vers la salle aux céramiques asiatiques.

Troupeau docile, nous le suivons. Une guide, cheveux jaunes, vient vers nous, brochure à la main, pénétrée de son importance. Elle s'en ira piteusement quand notre maître savant lui aura parlé à l'oreille. Lui, tout fier, bombe le torse en s'approchant des premières vitrines. Ses yeux brillent intensément. Il sort ses notes d'une poche de son imperméable beige et nous indique un lot de petits bols très vernissés. «Cela se nomme un *raku*, en voici six, c'est un type de poterie japonaise fameux, d'un art complexe.» Je ne l'écoute pas vraiment, je me presse contre Anita, mais elle, studieuse, a pris le visage grave de l'étudiante zélée. Normandeau, fiévreux: «Admirez, mes amis, ces couleurs toujours comme métallisées, c'est une technique venue de la Corée ancienne, vous êtes devant le travail de quinze générations d'artisans.»

Il s'est tu.

«C'est vieux, mes petits amis, les années 1500. C'est du grès que l'on sortait du four, brûlant, puis qu'on enduisait de cendres! Eh oui, il fallait après brosser toute cette suie.» Silence encore. Il est franchement ému. Cela se voit. On le regarde, étonnés de sa ferveur. Cartier-l'opéra, Bouchard-le-maigre et le grave Savoie, tous sont sérieux comme des papes. Ils griffonnent dans des calepins.

Voici une autre vitrine et d'autres *rakus*. «Prenez note: Chōjirō est le nom de celui qui a introduit le *raku* au Japon. Voyez-vous les craquelures vibrantes sur les panses? Une grande beauté! De la grande céramique! Chōjirō, notez ce nom, à retenir pour l'examen de fin d'année.» Il nous désigne un nouveau *raku* et puis d'autres encore: «Sachez que le *raku* est lié à la pensée zen. C'est un art apprécié dans le monde entier désormais. Il en va d'une cuisson dite "en biscuit", à très haute température, et rapide. Leurs glaçures se font à cuisson non moins rapide, aussi on inventa en Orient des fours d'une efficacité renversante. Très importante, cette science des fours, vous allez voir. »

On se déplace mais Anita reste immobile, elle s'est assombrie soudain. Le mot four ? Le groupe s'est éloigné, la voilà isolée et elle va se jeter sur un banc de marbre. Elle s'évente avec son calepin. Inquiet, je la rejoins, je pose une main sur son épaule. Elle me regarde au fond des yeux : « C'est rien, ça va passer. Je n'aime pas trop entendre parler de fours, tu comprends ça, hein ? » Je revois dans ses beaux yeux ce regard si triste qu'elle a souvent. Elle enlève et remet son chapeau de paille, se secoue et, enfin, se relève. Nous rejoignons les autres. Normandeau, très excité, est plié en deux au-dessus d'une longue vitrine très éclairée. « Je vous présente l'âme de la Chine, mes petits amis ! Voyez-moi ces trésors ! Ça vient d'un pays où il y eut cinq empereurs, dont trois Auguste, un pays aux dynasties nombreuses. Dans l'un des palais, on fit installer pas moins de soixante fours. Vous entendez bien ? Soi-xan-te fours dans un seul palais ! »

Je regarde Anita qui grimace, moue d'enfant boudeuse, puis retour à son drôle de sourire fragile. Le maître : « Sachez qu'il y eut des fours de soixante pieds de long ! Oui, oui, même que des archéologues ont découvert un four, tenez-vous bien, de cent quatre-vingts pieds ! Chauffage au charbon pour tous ces fours énormes. Est-ce assez vous dire, vous illustrer la puissance de la poterie chinoise ? Et c'est la céramique des Ming qui fut la plus réussie. Admirez comme moi, mes amis, ces cloches, ces gobelets, ces merveilleux chandeliers, regardez bien ces aiguières, du très grand art, d'un raffinement qui date d'un temps où nous, les Blancs, étions encore vêtus de peaux de bête!» On rit.

Parfois notre prof se tait longuement, semble plongé en ces temps antiques, perdu en réflexions intimes. Chaque fois, c'est Gilles Derome qui le réveille en gesticulant comme un désaxé ou en toussant très fort, faisant avec plaisir son comique.

Nous nous agglutinons maintenant autour du maître : «Voici une pièce rare, on dit un *ru*. C'est une technique venue du Henan.» Je ne l'écoute plus que d'une oreille, j'observe une Anita distraite, comme partie. Où ? Ailleurs, mais où ? «Voyez ce joli petit cheval, on prétend qu'il y a en Chine, enterrés, des régiments entiers faits de terre cuite et de grandeur humaine. D'un réalisme confondant. On prétend aussi que cette soldatesque serait entourée de chevaux harnachés. Verrons-nous un jour ces merveilles ou bien sont-ce des légendes?»

Le temps passe et, de vitrine en vitrine, le maître nous fait voir de jolies cruches, de belles verseuses, des lampes, des bouteilles. Toujours de ces bols à thé. Ailleurs, découverte de bouddhas, des «flacons lune», des lots de statuettes : «Ce sont des figurines étonnantes, souvent des divinités taoïstes, le plus souvent des personnages profanes», dit le prof. Je songe alors aux bibelots de papa, importateur de statuettes, pauvres artéfacts. Je songe à sa rare clientèle, à ses faillites, quand j'entends :

«Attention! Ouvrez grands les yeux, voici leur célèbre porcelaine dite *qingbai*, si délicate, si estimée, voyez ce fameux blanc bleuté.»

Enfin, une brève pause à la cafétéria du musée. Des limonades, des cafés. Anita dévore ses derniers biscuits sucrés. Elle est entourée de Patricia Ling, gourmande, et de dame Bourbeau qui, elle aussi, a toujours faim. Gros échange de biscuits! Géraldine, tout éblouie, la bouche pleine, déclame: «Je suis au septième ciel!» Voulant sans cesse l'imiter, son fidèle maigrichon, Bouchard, se pâme aussitôt et énonce de vagues paroles molles! À une table éloignée, la ronde fille de Saint-Jean regarde intensément son cavalier secret, Cartier-l'opéra.

Je voulais m'asseoir près d'Anita, hélas plus de place. Je m'installe avec Legault-l'habitant et Derome-les-livres. La cavalcade va reprendre. Nous filons vers un autre local, celui de la céramique du Japon. C'est Normande qui a pris la parole avec sa voix douce et son bel accent du Limousin, sa petite patrie.

La chevauchée étudiante se poursuit plus rapidement et nous peinons à noter tous les termes japonais. Pour des services à thé de porcelaine blanc et bleu. Normande n'est pas moins savante que son époux: «C'est *haniwa* qu'il faut dire pour ces figurines funéraires, grande beauté, non?» Je songe de nouveau à papa enfermé à cœur de jour dans sa cave. Est-il vraiment déçu d'avoir perdu ses anciens commerces exotiques? Je ne sais pas. Je me souviens alors de ma mère disant à ma sœur Marielle: «À l'école, tu ne peux plus mettre *importateur* pour "fonction du père". Tu mettras *marchand*.» Maman dédaignait-elle le mot *restaurateur*?

Nous sommes épuisés au moment de redescendre l'escalier vers la rue Sherbrooke. J'arrive le dernier dehors sur le trottoir. J'aperçois Anita qui saute dans un bus. Elle a juste le temps de me crier: «À demain! À demain!» Je l'avais vue nous quitter à l'étage quand, dernière leçon, le prof expliquait: «Au mur, cette fresque de vieilles photos vous font voir de ces fours à cuisson dite de réduction. On parle de ces cuissons "en réduction" quand on coupe l'air, alors c'est l'oxyde de carbone qui envahit le four et qui transforme l'air en gaz carbonique. Ce qui changera complètement les couleurs des émaux. Mes amis, dès demain, nous nous y mettrons dans notre salle des fours.»

Anita avait fui. Son saut dans le bus, rue Sherbrooke. Son «à demain!»

Demain, je tenterai de la faire parler, je veux essayer de comprendre à quoi au juste elle a eu la chance d'échapper.

9

La chambre des fours

Un jour, rencontre fortuite d'un oncle, le notaire Amédée Jasmin, au Yacht Club. Certains midis, Anita et moi aimions jouer les artistes et aller à ce club populaire pour vider un bock de bière. Des célébrités du théâtre et de la radio s'y tenaient et c'était connu. Moi, comédien amateur, radioman raté, dramaturge en puissance, j'aimais beaucoup aller flâner à ce café-bar. Ambiance feutrée, éclairages tamisés savamment.

On le sait, les artistes, aux voix bien placées, parlent fort et nous nous installions dans une loge proche des vedettes, ouvrant grand nos oreilles. Une curiosité dont, un peu honteux, nous nous moquions nous-mêmes en nous promettant chaque fois que ce serait notre dernière escapade mondaine.

Ce midi-là, y papotent un trio de comédiens, le très bel acteur, Paul Dupuis, ancien voisin rue Saint-Denis, et deux jeunes surdoués, le comédien Robert Gadouas et le polyvalent Pierre Dagenais. Ce jeune acteur avait fait voir précocement des dons inouïs pour la mise en scène. Ce jour-là, Dagenais venait de quitter la prison où il était enfermé «pour dettes de théâtre impayées». Le superbe Dupuis, en 1945, dès sa sortie de la marine de guerre, était soudain devenu au cinéma, notamment en Angleterre, un jeune comédien qu'on disait d'un grand avenir, avec *Passeport pour Pimlico* par exemple. Nos journaux l'en félicitaient sans cesse et ma mère, très épatée, ne cessait pas de faire l'éloge de «ce si beau p'tit voisin d'en face». On parlait de lui en Europe comme d'une immense «star montante». Ses films étaient produits par le prestigieux studio Rank Films. Ce furent les nombreuses offres d'emploi de la toute prochaine télévision qui le ramenèrent au pays.

Robert Gadouas avait osé monter, audace condamnée par nos conservateurs, le *Huis clos* du «démoniaque» Sartre. La censure omniprésente, rapidement, avait fait interdire la pièce par les propriétaires du théâtre du Gesù, les jésuites. À cette époque, «le pape de l'existentialisme» était venu à Montréal et Gadouas avait fait donner une représentation dans la chambre d'hôtel du célèbre philosophe athée.

Ce «huis clos du *Huis clos*», noire parabole, avait donc été condamné par nos évêques et par Duplessis, le chef despotique. Gadouas, comme tous les étudiants, fustigeait violemment le clergé et notre dictateur à Québec.

Le pays nous semblait une colonie rétrograde. Certains créateurs étouffaient, parlaient volontiers de se suicider. Gadouas dira – et, hélas, il le fit: «Je me jetterai un jour par une fenêtre.» Dupuis aussi finira par accomplir sa triste prophétie: «Moi, j'avalerai plutôt un poison, du cyanure, n'importe quoi!» Dagenais répliquait: «Le poison? Ouais, mais la défenestration, c'est plus vite.» Ce dernier, pas si pressé, en fait, se livrera à l'éthylisme, lent procédé d'autodestruction.

Anita et moi, nous les écoutions aussi rire aux éclats, car il était aussi composé de farceurs et de joyeux drilles, ce monde de comédiens. On découvrait chez eux un violent appétit de vivre, malgré le climat social morose, et nous étions souvent renversés, Anita et moi, par les piques cruelles, les ravageurs sarcasmes qui fusaient au Yacht Club. Aussi des critiques, des jugements qui, parfois, nous glaçaient. Était-ce une forme d'existentialisme, cette philosophie dénoncée par nos éducateurs tous ultra-catholiques?

Au bout d'une heure, le trio titubant légèrement s'en va vers les studios de radio voisins et c'est alors qu'entre l'oncle Amédée, notaire, le vieux papa de notre célèbre cousine, Judith. «On ne fréquente pas Amédée, car c'est un dangereux socialiste», affirme mon père. L'oncle, m'apercevant après avoir commandé de son whisky, s'écrie: «Est-ce que je vois bien là, en face de moi, l'artiste, fils d'Édouard Jasmin, mon cousin le bigot que j'ai croisé hier?» Amédée s'installe à notre table et je lui présente Anita. Passionné de généalogie, le voilà qui questionne Anita sur sa lignée. Elle s'en amuse, admettant son ignorance sur les origines des Geller. Quand elle lui dit qu'elle est Juive polonaise, Amédée hausse la voix: «Juive, hein? Voilà justement le sujet de la crise d'Édouard, ton père, hier. Écoute bien: j'ai fait de longues recherches et j'ai appris à ton père que nous, les Jasmin, nous descendons tous de Sémites! Tu aurais dû voir le visage de ton papa. Il m'a crié: "Va répandre ces sornettes dans la famille et tu te feras tuer!"»

Les Jasmin, des Sémites? J'imaginais bien mon père scandalisé. Amédée rigolait: «Les archives sont claires, tu es, nous sommes, des descendants du père Noé, non?» Le notaire boit, rit et poursuit: «D'abord montés d'Afrique du Nord et conquérants en Espagne, ces cavaliers sémites montèrent avec Abd al-Rahman pour livrer la bataille historique de Poitiers, face à Charles Martel.»

Me voilà médusé. Amédée jase, les Jasmin d'anciens Berbères, des Touaregs, des Hommes bleus? Je n'en reviens pas. Satisfait de mon étonnement, l'oncle nous commande un deuxième bock et, pour lui, un double whisky. Va s'ensuivre son cours d'histoire sur la Pologne. Y compris l'arrivée de millions de Juifs. Anita en est épatée.

Ma blonde est en voyage en Ontario. Ce soir-là, j'écoute, à *l'indispensable* radio de maman, Charles Aznavour, ce jeune chanteur parisien. On l'a rencontré il y a peu, lors d'une certaine aube estudiantine, dans l'escalier du Faisan doré. Ce cabaret où le jeune Jacques Normand, formidable et caustique maître de cérémonie, caricature un Québec borné. Assis dans l'escalier, on avait «piqué une jasette» avec Aznavour, vedette débutante.

En bande, nous tentons souvent de nous faire inviter aux vernissages des galeries d'art où on y boit une bien meilleure piquette que, par exemple, chez l'ami tit-Guy Lalumière. Hier, dans sa piaule sous les combles – douze dollars par mois – Guy nous racontait sa petite patrie, la Gaspésie. Entassés dans ce grenier, on a encore refait le monde. L'impétueux Gréco nous sort les meilleurs arguments. Il a une pensée structurée, est fou des romans engagés, ceux de Camus et de Sartre, et surtout de Malraux.

À nous cinq, luxe, on a vidé quatre bouteilles de chianti. On les conserve pour en faire des bougeoirs, une mode. On a grignoté des saucissons italiens épicés, nos délices. Le nationalisme catho est encore une fois conspué. Lalumière s'écrie: «Un bon jour, pourquoi ne pas monter dans la Vieille Capitale et y assassiner le dictateur Duplessis?» Il y eut un silence de mort. «Tu lis trop de Dostoïevski et tu bois trop!» finit par dire Roger Lafortune, le plus doux parmi nos camarades.

La bohème, la bohème…

Je m'ennuie d'Anita qui ne revient pas vite de Toronto. Les Juifs sont toujours dispersés un peu partout, on dirait. J'ai parlé aux amis d'un groupe de peintres qui, au coin de chez moi, se réunissent chez notre pharmacien, Armand Besner. Ils se disent *Les peintres de la Montée Saint-Michel.* Ricanements de tous: «Pouah, encore de ces accrochés à la peinture de chevalet pour des petits paysages cul-cul!» Éclats de rire. Les aînés, les Umberto Bruni, Iacurto, Vincelette, se font traiter de «vieux schnoques», d'arriérés.

J'ai convaincu cette semaine monsieur Payette, éditeur de l'hebdo *Le Guide du Nord* où je publie des articulets, de me laisser monter une expo de caricaturistes dans son hall d'entrée et il a accepté. Le célèbre nabot du *Devoir*, Robert La Palme, le grand Berthio, le très effilé jeune Normand Hudon et l'ami Guy Gaucher, tous m'ont promis de m'apporter de leurs pontes. Ma fierté.

La semaine dernière, Anita m'a présenté au directeur du théâtre Montreal-Repertory, un certain Mario Duliani. En 1940, Duliani, comme tant de ses camarades, avait été soupçonné de fascisme mussolinien et interné dans un vaste camp concentrationnaire en Ontario, à Petawawa, tout comme le maire de Montréal, Camillien Houde. À ce théâtre amateur, Anita fait parfois des figurations muettes. Elle a fait lire au directeur mon *Veau dort* et ce fut «Oh non, ça sent trop le communisme!» Il n'a rien compris. J'enrage: «Ton Duliani, c'est le pire des croulants.» *Croulant* est notre mot fourre-tout, commode, passe-partout, pour bafouer «les vieux».

Maman est un peu rassurée, le vendredi et samedi soir, son grand garçon ne va plus traîner comme l'an dernier dans des clubs de nuit «mal famés», son expression, là où nous siphonnions le plus lentement possible une ou deux grosses bières marquées Molson. Sur d'étroites pistes de danse, on se collait à de jeunes guidounes, très décolletées, très maquillées. Désormais, pour nous, aspirants Picasso, futurs Matisse, c'est bien terminé, ces virées avec retour à deux heures du matin. Nous allions parfois écouter du jazz au Rockhead's Paradise, mais adieu au Tic Toc et à ses danseuses affriolantes, au Beaver et à ses *Speciality Acts*, au El Morocco et à ses lascives danseuses du ventre, au Cléopâtre et ses effeuilleuses. Adieu aussi au Roxy, au Samovar, et à ce *nightclub* avec un vrai orchestre de danse, le populaire Casino Bellevue, rue Ontario.

Le *Montréal-Matin*, journal du despote Duplessis, publie: «Il y a 3 000 putains dans le bas de la ville, et pas moins d'une centaine d'agences d'escortes.» Lisant cela, mon pieux papa se signe.

En ce temps-là, la nuit venue, coin Bélanger, j'aimais parfois aller m'asseoir dans l'auto de celui qui deviendra le zélé reporter-photographe du *Dimanche-Matin*, Bernard Lauzier. Il aurait voulu être un auteur de romans policiers, notre Simenon. Il peinait sur un manuscrit jamais achevé. Un raté. Que de jaseries montréalistes sous les virevoltantes ampoules de la marquise du cinéma Château! Son véhicule, vrai capharnaüm, est rempli de paperasse, clichés divers, gobelets à café, mouchoirs souillés. Lauzier fume comme une cheminée, traîne partout sa flasque de Gordon Dry Gin, ne se rase pas souvent. Mais j'aime sa faconde. Ses anecdotes sur les bas-fonds de la métropole. J'aime moins son odeur, les atroces remugles dans cet habitacle sur roues qui lui sert de logis.

Il me montre parfois d'horribles photos: meurtres crapuleux, suicides, assassinats dégoûtants. Espionnant la radio de la police, il peut se pointer sur les lieux maudits. Il est partout, guettant le sordide des nuits «d'une grande ville pleine de débauchés», ricane-t-il. Je n'en revenais pas de tant de cadavres dans les ruelles de ce monde interlope qui me fascinait. Soudain, je songe, comme Lauzier, à rédiger un roman policier, j'avais tant aimé lire *Arsène Lupin*… *Fantômas*…

Je rédigerai plutôt une deuxième pièce. Ma camarade Patricia, la catho gauchiste, m'a prêté des ouvrages du fameux Arthur Koestler. Anita: «Koestler, mon père l'admire beaucoup!» Je dévore donc *Le zéro et l'infini* et

La lie de la terre, et me voilà – merci Patricia! – vacciné à jamais contre le fascisme, le totalitarisme. Je me jette dans mon deuxième opus. Un ouvrage, bien entendu, immortel, d'une dramaturgie audacieusement «engagée». Je rêve.

Maman, dans sa cuisine, écoute maintenant les jeunes chanteurs d'ici, Robidoux, L'Herbier et surtout Jean Lalonde. Tous susurrent des romances dont elle raffole. Il y a aussi son cher Phil Ladouceur: «Sur mon chemin, j'ai rencontré celle que j'aiiiime... Celle que j'aiiiime, eh bien, c'est vouuuuus!»

Ma mère sourit à ces langoureuses chansons. Je pose mon titre: *La rue de la liberté*. Une grave fable, celle d'un ghetto clandestin installé sous la ville. Un immense réseau d'égouts géants et abandonnés. Lieu peuplé de jeunes gens que d'affreux miliciens, mercenaires d'un despote, ont enlevés. S'y trouve une sorte de philosophe dément. Miracle, on m'achète *La rue de la liberté* pour un projet de diffusion à Radio-Canada au *Studio 13* de Guy Beaulne. Je flotte! Encouragement premier et pas n'importe où! Là où on vient de diffuser *Les grappes lucides* du poète Gauvreau. Maintenant, les gars de la bande me voient sous un autre angle et je n'en suis pas peu fier. J'hésite encore davantage. Potier? Comédien? Auteur?

Un samedi midi, ma mère me dit de téléphoner à un certain Marcel Vlaminck, comédien, animateur et prof de diction. Ce type veut ouvrir un centre d'art en Gaspésie, à Percé. Il me veut comme prof de céramique. Je dis que je vais y réfléchir. Tout un été loin de la bande? Loin d'Anita? Oh! Première rencontre et je lui offre, à tout hasard, mon texte tout frais, *La rue de la liberté*.

Voilà que le frère de ce Marcel, René, «Verne» de son nom de théâtre, veut me rencontrer. Il a lu ma pièce. Il étudie la télé qui doit débuter bientôt. Il a un contrat de réalisateur et, merveille! il s'engage à monter ma *Rue de la liberté*, pour la télévision! Il me le promet, se dit emballé par cette sorte d'anticipation, de science-fiction. Me voilà tout fier. Je flotte et j'attends la venue de la télé…

J'ai obtenu deux billets des Amis de l'art pour voir, au Saint-Denis, la très louangée troupe de Paris, le TNP de Jean Vilar, avec le prodigieux Gérard Philipe. Grande excitation de voir *Le Cid* de Corneille, appris par cœur au collège.

On a les mains rougies d'avoir tant applaudi au baisser du rideau. Le lendemain midi, sortant du Sélect, rue Saint-Denis, juste au coin de la rue Sainte-Catherine, qui apercevons-nous? Lui. Seul au milieu du trottoir. Le nez en l'air. Lui? Trench-coat ouvert, foulard rouge au cou, le brillant jeune comédien est là, «en personne», à quelques pas devant nous. Anita n'en revient pas quand j'ose aller l'aborder. Je l'arrose de chauds compliments pour son «inoubliable» Rodrigue, «vraiment extraordinaire!» Le glorieux beau «jeune premier» ne m'écoute pas vraiment. Il regarde partout, souriant. Il interrompt mes éloges pour nous questionner: «Cette rue Sainte-Catherine? Est-elle très longue?» Je réponds vite et je reprends mon concert de louanges – «mille mercis d'être venu jouer à Montréal» – mais Gérard Philipe m'interrompt encore: «Le fleuve, votre fameux Saint-Laurent, est-ce bien loin de cette rue Sainte-Catherine? Je pourrais m'y rendre à pied?» Je dis: «Dix, quinze minutes à peine.» Pouf! Il nous serre la main, nous tourne le dos: «Au revoir et merci!»

Quand nous racontons cette rencontre au 42, à l'atelier, personne ne veut nous croire. Ce soir-là, l'ami Gaucher nous parle de jeunes poètes qui lisent leurs textes certains midis à l'Université McGill. Guy insiste: «Oui, il y en a un, un p'tit jeune, il est fameux. C'est un enfant, il a l'air d'avoir quatorze ans! C'est le chouchou des étudiants, ce freluquet au visage grave. Il se nomme Leonard Cohen, un p'tit Juif doué, timide, il bégaie un peu, tu aimerais l'entendre, Anita. Viens le voir la prochaine fois, je te dirai quand.»

Chaque vendredi après-midi, tous les élèves en céramique doivent se rendre aux locaux de l'école mère, rue Berri, juste au sud de Dorchester. Dix minutes de tram. C'est pour le cours d'histoire de l'art, des leçons données par un vieux bonhomme au verbe intarissable.

La classe est chaque fois plongée dans le noir pour des projections. Jules Bazin, surnommé Gros Bassin, le souffle court, accablé de quintes de toux, mouchoir à la main, ne nous voit pas, tout pris qu'il est par sa grosse machine à la cheminée fumante. Un projecteur antique qui diffuse ses précieuses diapositives de verre. Toussoteux, accroupi derrière ses défilés d'images, on dirait un arrière-grand-père bedonnant et disert. Toujours échevelé, on l'imagine pressé d'en finir avec ces jeunes veaux iconoclastes qui se mettent à chahuter dès qu'apparaissent des nus.

Je me colle toujours au pupitre d'Anita. Dans la pénombre, elle me semble encore plus mystérieuse, tellement attirante avec son visage tendu vers les projections de tous ces trésors de l'antiquité gréco-romaine. Elle, et avec elle son sempiternel sac rempli de boustifaille variée. Anita est la seule du groupe à être tout à fait attentive, et le cacochyme Bazin, reconnaissant, se tourne souvent vers ma belle madone. Tantôt – il changeait un magasin de *slides* –, elle lui a offert des raisins de Corinthe – ô Grèce! – qu'il a engloutis d'un seul geste, conservant son visage de... marbre. Ô Grèce!

Au fond de la classe, Cartier-l'opéra et sa clandestine se font des mamours, de rapides caresses discrètes. En avant, la vieille Géraldine, son disciple Bouchard à son flanc, admire, tout illuminée, ces images... lumineuses. Les sculptures et l'architecture antiques défilent.

Ce vendredi, c'est la tholos de Delphes, la stoa d'Attale, le théâtre d'Hérode, le temple d'Héphaïstos. À Éphèse, le temple d'Artémis. «Je vous épelle ces mots, jeunes gens, si je vais trop vite, vous me le dites», déclare l'érudit à la diction éructante. Un autre vendredi, ce sera au tour de la sculpture grecque. Que de dieux, avec Zeus en tête du défilé des diapositives! Et des Hercules! Et des Apollons! Jules Bazin s'exclame en commentaires lyriques devant l'aurige de Delphes, le kouros de Thèbes.

Mon camarade Paul-le-paysan pousse un cri de joie en voyant la franche nudité de la Vénus de Milo. Savoie-l'échalas applaudit la Victoire de Samothrace. Bazin hausse la voix: «Voici maintenant, mes chers élèves, un ouvrage qui avait la hauteur de la statue de la Liberté de New York. Tenez ! Admirez le Colosse de Rhodes !»

Un autre vendredi : «Mes amis, j'ai préparé tout mon cours, pour vous spécialement, sur la céramique grecque.» Nous regardons des amphores, beaucoup d'amphores, et puis des cratères de terre cuite, dont l'un a les panses garnies de chèvres dessinées à l'engobe noir. On voit aussi des hydries et puis des tas de figurines. Le vieux Jules annonce : «Là, vous allez voir une œnochoé ionique. Jugez du style, de son allure. Songez à la distance, car tout cela date de 640 avant le Christ !» Bon, paf, encore, il s'étouffe. Heureusement, cela lui arrive surtout en fin de séance. Ricanements, et voilà notre Jules ventru hoquetant, pris de reflux gastriques… Le prof devient tout rouge et, chaque fois, il quitte la classe en courant, va prendre de l'eau à la fontaine du corridor. Nous reviendra en s'excusant, un poing fermé tapant sa poitrine.

Derome-le-sarcastique marmonne : «C'est la Grèce, oui, la "graisssse" qui ne passe pas !» et autres facéties niaises. Ce jour-là, entre ses accès de toux, l'instituteur poursuit tant bien que mal : «Regardez bien cela maintenant. Son nom ? Kylix, oui, kylix, kylix à motifs d'un rouge si beau. N'est-ce pas ?» Puis, solennel, il dit : «Pour finir, vous serez renversés, voici le célèbre groupe du Laocoon, période hellénistique, des entrelacs étonnants, non ?» Dame Géraldine, aussitôt, se dresse bien droite pour applaudir à tout rompre… cette diapositive !

96

Grand jour, grand midi, lunch avalé, Anita, Gilles, Janine et moi décidons d'aller «bretter» rue Sainte-Catherine. Une visite rituelle chez notre trio de marchands favoris, les libraires Déom, Ménard et, pour finir, chez l'agité Henri Tranquille. Là, sur tous ses murs, au-dessus des tablettes de livres, expo d'œuvres de jeunes de l'art abstrait qui se disent automatistes. C'est signé Mousseau, Leduc, Barbeau, d'illustres inconnus estimés par un public d'initiés. Derome, la langue sortie, cabotine devant le bonhomme Tranquille, lui toujours… tendu ! Derome note dans son calepin les titres de certains livres. Mon ami est un vrai rat de bibliothèque, et aussi mon conseiller. Il m'a initié récemment aux difficiles proses d'un certain Charles Mauron, savant psychocritique des pulsions inconscientes. Je ne saisis pas tout. Aussi, initiation aux écrits d'un philosophe étonnant, Gaston Bachelard. Gilles me prévient : «Important pour un potier, mon vieux, de bien savoir penser les éléments, l'air, le feu, l'eau et, notre grande affaire, la terre.»

Soudain, surgit dans la librairie le poète Gauvreau, cheveux défaits, rouge au front. Fameux postillonneur, il récite de sa voix de stentor : «Marke meuran / Izadrole Du Peuja sel-vère eu / les grands donneurs épicent / le jeud ra des missions au Bois Goré / Salve / capricorne aîné / fils de Bra Jaéaula / Les automnes croupissent dans le feu des noix d'abeilles Yanh anhh / Un œil descendu des ans / fers du bois debout / Logne Ivre de santé de sang de synagogue stupre I-angg-garr / la file souple…»

Le poète s'approche et veut poser sa main sur le cou d'Anita. Elle rit, se sauve, se jette dehors. Nous la suivons. Dans la rue, Derome : «Je m'en vais écumer la

Saint-Sulpice et surtout la Municipale, parfois ils font venir assez vite certaines nouveautés.» Par ce si doux vendredi soir, Janine propose une «bonne soupe» au resto du carrefour, chez Geracimo, «c'est pas cher». Anita hésite: «Il y a ma tante Helena qui ne va pas bien du tout, je devrais rentrer.» Mais j'insiste, un genou à terre, et elle rit. On y va.

Après la bonne soupe, le soir tombe très vite, nous décidons d'aller baguenauder dans le *Red Light*, petit faubourg triste et tant craint de nos pieux parents. Quelle belle soirée! Je vois encore notre joyeux quatuor qui déambule rue Sanguinet, rue De Bullion. Des jeunes femmes courtement vêtues, très maquillées, bijoux de pacotille, sacs à main jetés sur l'épaule, arpentent nonchalamment les trottoirs. De vilains marlous, des *zoot-suits* aux costumes colorés, la chaîne d'or pendant jusqu'aux chevilles, abordent ces guidounes, discutent un prix et partent vers les chambres closes de maisonnettes délabrées.

Nous sommes bien loin de la Vénus de Milo du prof Bazin!

Nous rions, nous chantons et nous décidons tous les quatre d'aller prendre une carafe de vin rouge au cabaret de l'animateur Normand. Voici l'enseigne au-dessus de nos têtes, coin Saint-Laurent: Cabaret Au Faisan doré, et on y monte avec excitation pour entendre chanter le jeune Mouloudji, artiste parisien, poète à la voix étrangement voilée: «Un jour tu verras / on se rencontrera / quelque part, n'importe où / guidés par le hasard...» À cette heure, il y a déjà une petite foule, on choisit une table, hélas loin du *stage*. Il faut élever la voix pour être entendu et tout le cabaret baigne dans une lumière un peu glauque.

Adieu, belles lumières des temples grecs antiques, cher vieux Bazin!

«Le premier spectacle, nous dit le serveur, ne débutera pas avant une heure.» Anita accepte de venir avec moi sur le plancher de danse. C'est la première fois. Je la tiens dans mes bras et mon cœur défaille, je peux l'entendre qui bat à se rompre. Le juke-box joue un slow, *Theresa*. Je tiens Anita d'abord mollement, peur d'un rejet, c'est une fille si rétive et je connais sa pudeur.

Elle me sourit et soudain se colle à moi. Moi, fier comme Artaban. Je tiens fermement cette silhouette si vivante, qui me semble bien mieux que la belle Victoire de Samothrace! Ma Polonaise penche sa tête sur mon épaule, je respire ses cheveux d'un or tamisé. On danse ce premier slow bien collés. Le bonheur. Un réflecteur garni de gélatines colorées tournoie au-dessus des têtes. *Bonhomme Bazin, nous voyez-vous? Vénus danse avec un Apollon qui s'imagine irrésistible…*

De retour à notre table, je dis: «À Pointe-Calumet, sais-tu que j'ai déjà gagné un concours de jitterbug? Une petite coupe d'argent. Rien à voir avec ces précieux cratères de la Grèce classique!» On rit. «Faut dire qu'à la Pointe, au dancing Normandie, j'ai eu une fameuse partenaire, la jeune Denise Filiatrault, à seize ans!» Le juke-box fait entendre du jitterbug. Je dis: «Est-ce que tu sais danser le boogie-woogie?» Anita semble fâchée: «On dirait que tu oublies toujours d'où je viens. Là-bas, on ne nous apprenait pas ça, le boogie-woogie, Jasmin-Touareg, Homme bleu!»

Elle quitte les lieux aussitôt. Penaud, je la suis.

Je sais si peu sur elle, toujours cette crainte de la questionner, une pudeur, un respect. La peur peut-être d'apprendre trop d'horreurs? Oui. De trop grands malheurs m'assommeraient.

Je suis allé la reconduire dans sa petite rue Clark. Au pied de son escalier, frissons. Un long baiser, un seul hélas, les yeux fermés bien dur. Au retour, tout seul dans le tram Saint-Laurent, je souris aux anges, je suis fou comme un balai, je veux vite être rendu à demain, vite la revoir. Je descends à Jean-Talon et je marche lentement vers chez moi, vers la rue Saint-Denis. J'entends une galopade et puis des cris, maintenant des clameurs terrifiantes. Ça vient du marché public, une rue à l'est, j'y cours. Autour des stalles de béton, un cheval noir fou galope en hennissant, l'écume à la gueule. Une bête visiblement incontrôlable. «Partie à la belle épouvante», comme on dit. J'aperçois un homme échevelé, fouet à la main, tentant de la calmer, criant: «Stop! Stop! Sale bête! Stop, bête folle!» Je me sens comme tombé subitement dans un cauchemar. Ce cheval qui piaffe, qui hennit, est devenu fou! Le petit bonhomme démonté gueule en vain! Est-ce que je rêve? La scène, comme irréelle, me semble tout droit sortie d'un film de Luis Buñuel. J'ai peur, je rentre.

Dans notre chambre, Raymond dort, je me couche sans faire de bruit en songeant à elle, à ses lèvres si douces, au goût d'orange très sucrée.

Lendemain matin pluvieux. Marcelle, la midinette, part pour sa manufacture de vêtements de la rue Molière. Mes cadets, Marielle et Raymond, s'en vont à l'école.

En retard, je cours vers mon tram pour l'avenue des Pins. Ah, oui, vite, la revoir!

Nous entourons maintenant notre savant maître dans la chambre des fours pour être initiés à cette «cuisson par réduction», tel que promis au Musée des beaux-arts. Normandeau n'en finit pas avec ses explications sur ces fours sophistiqués. Subitement, Anita quitte la pièce. Je cours la rejoindre: «Où vas-tu? Qu'as-tu? Qu'est-ce qui se passe?»

Au vestiaire, près de l'entrée: «Mais... Anita, es-tu malade? Écoute, on n'a pas tant bu, hier, au Faisan Doré...» Elle enlève vite sa salopette kaki, endosse son imper marine, ne dit rien et fonce vers l'escalier de sortie. Je tente de la retenir: «Ne me quitte pas!» Farouche, elle me dit: «Écoute-moi bien, je ne reviendrai pas ici. Je vais aller m'inscrire à cette école du Musée des beaux-arts, j'ai pris un prospectus l'autre jour, on y offre des cours de dessin, de peinture.»

Je panique: «Anita, non! Reste avec nous. Avec moi. Tu dois continuer, tu as du talent, tout le monde le dit. Je t'en supplie, ne nous quitte pas!» Mais elle descend les marches en vitesse. En bas, elle se retourne: «Tu peux pas savoir, tu sais rien, tu sais rien sur cette sorte de camp où on a été détenus, moi et toute ma famille!»

Elle sort.

J'ai mal. Je devrais retourner dans la salle des fours où j'entends notre prof qui parle d'anciennes briques réfractaires, il dit: «Mais oui, déjà longtemps avant notre ère, les Chinois les connaissaient.» Je m'approche d'une des fenêtres. En bas, dans la petite rue Napoléon, Anita marche lentement sous la pluie, achevant de peler une grosse orange.

10

Au parc La Fontaine, un dimanche

Le prof de modelage, Normandeau, admirateur de son bon travail, avait imploré Anita d'assister au moins à ses cours. Elle avait accepté cet arrangement et continuait de venir deux jours par semaine. J'étais content.

Ce dimanche-là, partout, sous l'ardent soleil, le grand parc La Fontaine fait briller ses vieux arbres. Un printemps précoce. Le beau temps se montre enfin et, soudain, il fait très chaud. Quel beau Vendredi saint. Pâques, dimanche. Mais pas de Pâque des Hébreux pour Anita Geller, fille unique d'un mécréant juif enragé contre Yahvé. Quand j'étais un pieux enfant de chœur, avec ma belle soutane, mon surplis de fine dentelle, ma calotte rouge, avec un encensoir ou avec un flambeau de procession, j'aimais servir les cérémonies de la Semaine sainte. J'aimais la musique tonnante de l'orgue de Sainte-Cécile, la chorale, les chants rauques ou les voix cristallines des fillettes. Bien fini, ce temps-là. Je suis devenu un virulent jeune agnostique, mon père en souffre. Je ne pratique plus du tout notre religion « nationale ». Bon débarras, ces dimanches matins au collège des Messieurs de Saint-Sulpice, avec la messe obligatoire au grenier, et puis l'heure d'histoire de l'Église, et puis l'autre heure en salle d'études à potasser nos lourds dictionnaires de latin, de grec ancien.

Ah, oui, débarrassé à jamais! C'est bien fini les *piéticailleries* et les *dévotionnettes*. Papa en est grandement attristé, il ne commente pas, on ne se parle plus.

L'enrégimentement religieux, c'est terminé. Il m'arrive pourtant d'aller à la messe du dimanche à l'église italienne toute proche. Mon plaisir d'entendre les sermons dans cette langue qui me séduit. J'ai le vague projet de l'apprendre.

L'art est désormais ma nouvelle religion.

Oh, quel beau vendredi printanier de début avril, jour de congé, et on a organisé un pique-nique «pour deux amoureux».

Deux amoureux? Anita m'aime-t-elle d'amour? Elle ne me le dit jamais. «Tu me fais du bien, petit voyou de Villeray, tu me fais tant rire, cavalier berbère!» Au bord du grand étang, nous sommes étendus sur l'herbe avec des gâteaux Mae West au chocolat et nos bouteilles d'orangeade. Nous observons deux gondoles, l'une faussement vénitienne, l'autre faussement mississipienne, qui voguent tout doucement, remplies de visiteurs parfois entourés d'une ribambelle d'enfants. C'est *La Grande Jatte* de Seurat. Un pointillisme montréalais! On jette des croûtons à des canards apprivoisés. Plus haut, sur un coteau, le restaurant, avec des touristes qui posent pour un photographe et son appareil sur trépied. «Ne bougez plus, souriez!» Éclairs de vive lumière. Plaques à changer. Un dollar à payer. «Voici votre coupon numéroté. Repassez me voir dans une heure.»

Anita rit beaucoup, grande enfant, elle est ravie. Je l'embrasse souvent, chaque fois, souriante, elle proteste mollement. M'aime-t-elle vraiment? Comment savoir? Pour la faire rire, l'étonner aussi, je lui raconte un face-à-face étrange que j'ai vécu avec mon père, l'an dernier: «Papa, un vendredi soir, s'affairait à son petit poêle à gaz, me faisant rôtir un hot-dog relish-moutarde-oignons. Il me promet un sundae caramel-marshmallow-chocolat-crème fouettée et grosse cerise.» Anita m'écoute et avale une grosse cerise de France. «Je t'en ai parlé, je venais d'être chassé de mon collège. Mon père me déclare: "Mon gars, je t'ai arrangé un rendez-vous. Vas-y et tu y seras à l'abri des soucis de la vie. Écoute-moi bien, nous t'avons élevé en bon catholique, ton échec te ronge mais c'est pas la fin du monde. Accepte mon arrangement et tu n'auras plus à t'en faire, tu seras logé, vêtu, nourri. Toi qui aimes dessiner? À ce noviciat, les frères t'enverront aux Beaux-Arts et, avec ton diplôme, tu pourras enseigner."» Anita, éberluée, m'arrête: «Ton père voulait t'envoyer dans un noviciat?» Elle rit, met sa main sur son nez. À mon tour de rire. «Oui. Il me dit: "Tu te présentes lundi matin. La communauté des Clercs de Saint-Viateur t'ouvre les bras, voici leur adresse. Tu as un autobus lundi à huit heures pour Joliette, gare du Marché Jean-Talon. Va faire ta valise." J'étais muet de stupéfaction, tu sais.» Anita démontée: «Incroyable! Ton père avait tout organisé sans te prévenir?» Je lui vole une pêche et elle proteste. Nous marchons. Je poursuis: «J'en ris maintenant mais à ce moment-là, j'ai fui et j'ai boudé durant des semaines. Je rentrais seulement pour souper, je repartais aussitôt. J'étais devenu un simple pensionnaire, fâché et fermé. Ma mère s'inquiétait. Je me suis trouvé un emploi pour l'été de 1944 dans une usine. La Brophey Umbrella. Je sais tout, Anita, sur les parapluies, comment les démonter complètement et les remonter.» Elle me montre une vieille dame avec son grand parasol fleuri: «Viens, tu vas me faire une démonstration, révérend frère Touareg!» On rit, et je l'entraîne plutôt vers l'est du parc voir les quelques bêtes sauvages du mini-zoo. Devant la cage d'un maigre loup, Anita se retourne vers moi, m'examine: «Non, je te vois pas du tout dans une soutane noire.» Je prends un visage grave: «Je ne t'aurais jamais rencontrée, jamais connue. J'aurais peut-être donné des cours de dessin à tes futurs enfants.» Ma Polonaise a repris son sourire si triste, si beau. Elle enlève ses souliers, redescend vers l'étang, fait des saluts à une touriste américaine qui la photographie d'une gondole. Elle prend un ton solennel: «Écoute, je n'aurai jamais d'enfants, faut que tu le saches. Après la guerre, à Paris, un médecin l'a dit. Jamais.»

Le soleil va se coucher. Étendue, elle ferme les yeux. Elle a son triste sourire. Je l'enlace. Elle se défait de mon étreinte, remet ses sandales, se sauve en courant vers le restaurant du parc. Manger encore? J'y vais lentement. Je dois trouver le courage de la questionner, je voudrais en savoir plus sur son passé, sur ce ghetto, sur ce camp à Auschwitz… sur ce qui a pu lui arriver là-bas.

Un midi dans un sentier du mont Royal, Anita mange de ses petits biscuits sucrés, je dis : «Pourquoi manges-tu sans cesse?» Elle me tient les deux mains, les pose sur son ventre : «Tu dois le savoir. À douze ans comme à seize ans, j'ai eu faim. Très faim. Je fais du rattrapage!» Je me tais encore. Cette drôle de gêne. Je crois savoir pourquoi. J'ai peur. Peur d'apprendre des choses effroyables sur un temps où, adolescent insouciant, je dansais le boogie-woogie tous les soirs, heureux. Une frayeur instinctive? La frousse qu'elle me raconte... un enfer pire encore que l'enfer?

Oui, j'ai peur. Oui, je m'en veux.

11

Les deux héros du prof Hudon

Surprise! Voilà Anita qui insiste pour visiter le grand parc d'attractions Belmont, au bord de la rivière des Prairies. Il fait un très beau temps. Un samedi idéal pour un pique-nique à Cartierville, au nord de la ville. Helena, sa vieille tante, nous a confectionné un lunch «à la polonaise», beaucoup de pierogi, de la bonne choucroute.

À midi, après quelques tours dans des manèges, on se régale, assis au bord de la rivière. Tout autour de nous, des rires, des cris, des musiques de cirque, et les bruits des machines à tamponner, à tournoyer, à s'envoler à en perdre le souffle! Au loin, une énorme bonne femme rit sans cesse aux éclats, mannequin géant mécanique.

Anita m'étonne, elle va d'un manège à l'autre, fort audacieuse. Je suis déjà venu, gamin, je n'avais pas trop apprécié ces appareils à faire frissonner, je suis d'un tempérament prudent. Peureux même? Ça se peut. Aussi, elle me nargue au quai d'embarquement pour la grande roue. Peur de passer pour un pleutre, un couard, face à son intrépidité à elle. Elle y va seule, me fait de laides grimaces de son petit cabriolet.

Au retour du manège, ravie: «Je ne te savais pas si douillet!» Je l'entraîne vers la Maison de la peur, mon lieu préféré. D'affreux monstres surgissent. Assis, collés dans notre wagon sur rails, je la serre dans mes bras, voulant jouer le mâle protecteur. Anita, à mon grand étonnement, reste impassible. Elle ne sursaute jamais aux saillies burlesques des squelettes trépignants, des géantes araignées qui nous frôlent la chevelure, des subites apparitions de repoussants fantômes, de marionnettes gesticulantes et baveuses, écœurantes, tout la laisse d'un calme surprenant. Alors, je songe soudain à son ancienne « maison des horreurs ». À Auschwitz.

Nous allons ensuite dans le labyrinthe des miroirs déformants. On rit de voir une Anita grossie, une Anita amaigrie, une Anita fracturée ou encore multipliée par dix ! On sort et on va vers le bord de la rivière, on cherche une table libre. Le soir monte sur le pont de Cartierville, des phares d'automobiles se poursuivent en un véritable ballet. Nous avalons le reste du lunch polonais et puis nous louons une chaloupe pour aller voir la populaire plage publique, pas bien loin, de L'Abord-à-Plouffe.

Au retour, un peu plus tard, une musique entraînante nous parvient du dancing. « On y va, oui ? » Anita se fige : « Faut-il que je te le répète mille fois, petit bourgeois canadien-français catholique, je n'ai pas appris à danser, moi ! » Je deviens très triste. M'excuse. Elle me prend par le cou, m'embrasse et on s'en va. Dans le soir du boulevard Gouin, on marche vers le tramway Cartierville. Le ciel de Montréal est devenu d'un noir d'encre.

À mon arrivée avenue des Pins, j'aperçois le prof Normandeau qui sort de la chambre des fours, marche à toute vitesse vers son bureau, faisant mine de ne pas me voir au vestiaire. Je remarque qu'il cache mal sur sa poitrine une pièce enveloppée d'un linge.

Qu'est-ce que c'est que cette opération secrète? S'il met sa cuisson au four après le départ des élèves, forcément, il doit revenir en pleine nuit pour éteindre, car le refroidissement du four est obligatoire avant de pouvoir l'ouvrir. L'explication du mystère m'arrivera par Louis Archambault: «Tu vas tout savoir, mais garde ça pour toi. Notre savant bonhomme cherche à obtenir, sans jamais y arriver, un parfait céladon.»

C'est quoi, ça, un céladon?

Dans son bureau exigu, entouré de ses modelages variés, Archambault passe sans cesse sa main sur son crâne nu, un tic, et m'instruit: «Un céladon est un vernis, une glaçure chinoise d'un vert très pâle, rare et qui est très convoitée des collectionneurs. C'est comme le fameux "sang de bœuf" au temps de la dynastie Ming.» Il me montre une photo, c'est une pièce couverte d'un vert brillant, d'une pâleur lumineuse, d'une belle translucidité. Louis: «Un émail rare, apprécié dans tous les grands musées du monde.» Archambault est l'antipode de son supérieur hiérarchique. Il aime blaguer, taquine le militantisme de notre gauchiste, Patricia-la-débraillée. «Tit-Oui», comme on le surnomme affectueusement, est volontiers gouailleur et un critique moqueur, ce qui fait bien notre affaire, jeunes révoltés que nous sommes contre tous les *établissements*.

Il raille férocement, in petto, la digne Géraldine, si angoissée face à l'art moderne: «Un envahissement barbare!» Quand Tit-Oui veut lui montrer le reportage de *Paris Match* sur Pablo Picasso devenu potier dans les Hauts de Nice, grands cris de Géraldine: «Ce primitivisme grossier, pouah, quelle horreur!» Elle se couvre le visage de son châle, court se réfugier dans le labo de Normande. Archambault me montre une légende sous l'une des photos, je lis: «À Vallauris, Picasso dit à Malraux: "Je fais maintenant des assiettes et on peut manger dedans!"»

Derome et moi, nous aimons Archambault, nous le consultons sans cesse. Il n'a rien d'un cachottier et nous transmet volontiers ses récentes trouvailles, ses recettes d'émaux qu'on admire sur ses plaquettes. Archambault est très énergique, inlassable, cherche des alliages inédits avec des argiles chamottées aux textures surprenantes. Utiles pour ses modelages à la Jean Arp. Il expose sur les murs de son cagibi – vraie murale de mosaïques – ces petits carreaux de terre cuite, cherchant toujours à innover, osant des mélanges interdits. Il pige avec audace dans l'armoire aux oxydes. L'appétit d'un gamin devant un étalage de pots de confitures.

C'est un homme visiblement heureux, bien dans sa peau. Certains matins, café à la main, il nous raconte des anecdotes farfelues, nous offre des revues d'art du monde entier ou nous donne de ces jolies cartes postales reproduisant nos chers modernes. À l'heure du lunch, à son école du Musée, j'en offre à ma belle Polonaise. La perpétuelle bonne humeur de Tit-Oui nous rassure, nous fait du bien, jeunes anxieux perpétuels.

Un midi, il nous présente son épouse venue à sa rencontre avec ses deux petits garçons. Emma est une belle femme brune à la voix toute douce. Elle nous écoute vanter son mari avec des sourires indéchiffrables. Tit-Oui lui montre sa récente sculpture, sorte d'aigle décharné ; son plâtre sèche dans un coin. Emma fait le tour du bizarre rapace et finit par dire : « Bon, il n'y a pas que l'art dans la vie, dépêchons-nous, il faut aller chez Morgan pour dénicher des rideaux. » Bientôt, la famille quittera Villeray pour un neuf bungalow à Saint-Lambert, architecture d'Archambault. « Avec murs extérieurs de créosote », a-t-il spécifié.

Par une fenêtre, on les voit en bas, sur le trottoir, qui vont bras dessus, bras dessous. Derome : « Regarde, c'est Mona Lisa au bras de Socrate-le-chauve ! »

Au 42, ce qui m'épate encore est le fait de n'avoir qu'à jeter une pincée d'oxyde pour inventer une couleur, cela, dans du minium rouge, la base de toutes nos glaçures. Mélangé d'eau, on s'en fait une crème puis, avec un pistolet à air comprimé, il n'y a plus qu'à en enduire sa pièce, dite *biscuit*, ensuite la remettre au four. On verra alors apparaître des émaux parfois inouïs. C'est de la magie ! Avec l'oxyde de cobalt, on obtient des bleus d'intensités variées. Avec du cuivre, selon le mode de cuisson, des verts ou des rouges. Avec du manganèse, de beaux violets. Avec du titane, des jaunes. Avec l'oxyde de fer, des bruns.

Pour un rouge très vif, on a l'oxyde de lithium. Utilisé rarement, le coûteux oxyde d'uranium donne un rouge dense ou bien un vert olive.

Archambault nous excite : « Allez-y, mélangez, prenez des risques, foncez ! » On fonçait. Un jour, il nous raconte : « Voulez-vous deux exemples prouvant que l'art doit beaucoup aux accidents? Un: chez les Chinois, leurs très fameuses glaçures avec des craquelures, c'est quoi? C'est un accident! Surpris par des brigands et forcés de vite déguerpir, ces potiers furent obligés de vider leur four des pièces encore brûlantes et de les noyer dans l'eau froide. Pouf! Apparurent ces prodigieuses craquelures.»

On n'en revenait pas, Derome et moi, ni Bouchard ni Savoie, et Archambault enchaîne: «Un autre accident? Encore des bandits qui attaquent des potiers, voulant défourner vite, ils jettent sur leur vaisselle brûlante… ce qu'ils ont sous la main. Du sel! De là ces jolies glaçures au sel, comme gemmées, et tant admirées partout dans l'Univers. Eh oui, un hasard, et la beauté qui surgit!» Nous étions épatés. À partir de là, candides, on voulut provoquer des «accidents» productifs et on s'amusa à jeter de tout par les ouvertures-à-cônes du grand four. Des boules à mites, des tringles de portemanteaux, des bâtonnets de Popsicle, de Fudgsicle ou de Revel.

On défiait le sort.

Cruelles déceptions souvent. Cœur battant, on avait des frissons quand on ouvrait pour le défournement. Un jour, «miracle!», mon grand plateau encore chaud dans mes mitaines d'amiante fait voir un vert proche du fameux céladon! Archambault m'applaudit. Normandeau: «Vous avez mélangé quoi avec quoi?» Je dis: «C'est mon secret. Désolé.» Archambault rit et Normandeau me talonne dans le couloir. Je cours au vestiaire et lui répète: «C'est mon secret!» C'était surtout que je ne me souvenais absolument pas de mon mélange improvisé.

Mais, depuis des mois, me voilà tiraillé, la poterie ne me contente plus, et je me passionne, comme au temps du collège, pour l'écriture de poèmes. Finies les rimes, j'imite Robert Desnos ou Paul Éluard, naïf surréaliste. Certains soirs, je fais aussi l'acteur dans des spectacles d'amateurs dirigés par le camarade Désorcy que l'on surnomme «L'abbé Dé». Il traîne une bible partout.

J'aime jouer, je répète sérieusement mon rôle d'Almaviva. Avenue des Pins, oui, je m'ennuie. Dans «La Salle à Théo» – on dit ça pour la classe des cours théoriques – je m'ennuie avec tous ces compas et l'encre de Chine. Plate d'avoir à dessiner des plans de four. Ou de tour. Je déteste le dessin industriel enseigné par ce professeur Vallée, appelé Rat musqué à cause de sa chevelure pleine de Brylcreem. Son sévère costume noir lui donne l'air d'un embaumeur. On ricane. Même dans le petit labo de «madame Blanc», Normande, je compose un nouveau poème. Je viens de lire, impressionné, *Cinq grandes odes* de Claudel. Me voyant scribouiller dans mon calepin, madame Blanc, qui nous initiait à la viscosité des argiles, me rappelle à l'ordre. Je crains d'échouer aux examens de fin d'année. Est-ce que la céramique ne me captive plus?

Quand Anita, en train de modeler un centaure stylisé, m'appelle à l'aide, je me précipite et on nous taquine. «Notre p'tit couple emblématique», ricane, hautaine, Géraldine Bourbeau. L'enguenillée Patricia, elle, ne se moque pas du tout: «Nos merveilleux inséparables!» Cette ex-militante gauchiste a quitté à jamais

Kingston où, avec d'autres cathos, elle avait fondé une école pour enfants de parents catholiques « engagés ». Cette exilée de l'Ontario nous renseigne sur le personnalisme de la revue *Esprit*, sur Emmanuel Mounier, sur Albert Béguin, ou sur le fameux philosophe, Maritain. Un monde inconnu de moi. Cette vieille fille, zélote du philosophe Bergson, nous harasse avec sa laïcité spirituelle et vante ce Teilhard de Chardin, paléontologue de génie, aussi jésuite condamné, que le Vatican – très énervé – a fait interner à New York. Hermétique jargon pour moi. On se moque d'elle : « Riez, riez ! Bande de grands bébés ignorants. » Elle a raison. Langue sortie, cheveux dans le visage, Patricia s'est jetée sur son décor à engobes pour un grand compotier illustré de dragons cracheurs de longues flammes !

Rentrant de son Iberville, s'amène le faraud Cartier-l'opéra, casque de moto sous le bras, qui entonne son sempiternel : « Ô, lève-toi, soleil ! Tu fais pâlir l'horizon » ou encore « Salut, demeure chaste et pur ! » Il rigole en me voyant brasser de la barbotine en entourant de mes deux bras Anita : « Ah ! Quand on voit l'un, on voit l'autre. » Maintenant « intermittente » à notre école, Anita rougit. Elle file débarrasser de ses linges humides son modelage en cours. Je hausse les épaules.

Un beau jeune homme blond vient de s'inscrire en céramique, Gilles Groulx. Voix de velours, les yeux pas moins azurés que ceux de ma bien-aimée, Groulx s'initie au tour, bien assis avec une grosse balle. Hélas, il a choisi le vieux tour avec sa grenouille flageolante, son axe mal centré. Pas facile alors, pour le néophyte, de centrer sa glaise pour la creuser de ses pouces. Il se jette hors du tour et me dit : « Je sais pas si je vais persister ici, je suis plutôt un fou de photographie et surtout de cinéma. Mais le cinéma, il n'y a pas d'école pour ça. »

Dimanche, notre voisin, monsieur Hudon, vieux garçon et directeur du *Business College*, m'invite à faire une balade dans sa Chevrolet bleue de 1939 : « Tu viens avec ta p'tite chérie polonaise, si tu veux. Je vous emmène où vous avez envie d'aller. »

Grand bonheur, je lui propose : « Du côté de Sorel, à Verchères. Site parfait pour pique-niquer, avec ses célèbres grèves de sable sur le Saint-Laurent, à Contrecœur. » Hudon accepte volontiers. J'y étais déjà allé en bus avec mon père quand il cherchait un chalet à louer pour l'été de 1942. Après la mort de ma grand-mère-la-riche. L'argent hérité de sa maman permettait cela, louer, ou acheter même, un chalet pour l'été. J'avais vu le fleuve large comme une mer.

Hudon sort d'abord la Chevrolet du garage dans sa ruelle. Là même où je lavais la belle Buick du nationaliste professeur Laroche, celui qui a vendu l'école – l'institut Laroche. Le prof fait un bel accueil à Anita, s'écriant : « En voiture, les tourtereaux ! »

On a roulé à peine cinq minutes que, déjà, Hudon, cigarette au bec, jacasse, c'est un bavard fécond. « Les Polonaises sont si belles, c'est bien connu ! Savez-vous que le grand Balzac était fou d'amour pour une belle Polonaise ? Il s'était entiché complètement de la comtesse Revzuska, dite Madame Hanska, sa divine muse.

Ça n'est pas tout, Mademoiselle de Varsovie, mon cher Napoléon Bonaparte, lui aussi, tomba éperdument amoureux d'une belle Polonaise. Marie Waleska. Il en eut un fils, Alexandre. »

Anita sourit. Le ciel est bleu. Le soleil fait tout reluire sur la route 132. Ce Jean Hudon est un personnage excentrique. Fumant sans cesse, vitres baissées, il nous entretient maintenant de son très cher Sacha Guitry. « Ce génie méconnu, mes amis, est né en Russie mais il fera la gloire de la France. Dans la vie, il n'y a pas que le baseball et le hockey, êtes-vous d'accord ? »

Silence dans la Chevrolet quand on traverse le pont Jacques-Cartier, puis Longueuil, puis Boucherville. Hudon y revient : « Ah, Guitry ! Il a déclaré un jour : "Ce qui ne me passionne pas m'ennuie !" Belle leçon de vie, non ? » Quand il cesse un peu son bavardage sur son idole, on écoute la radio qui grinche, Charles Trenet : « Y a d'la joie, bonjour, bonjour les hirondelles ! Y a d'la joie ! »

On est bien.

Hudon : « Savez-vous ce qu'a dit un jour le génial cinéaste, Orson Welles ? Monsieur Guitry est mon maître ! » Silence encore dans le tacot. Anita se blottit contre moi, puis elle enlève son pull-over de laine rose. Le prof ne lâche pas : « Écoutez bien celle-là, vous allez l'apprécier. Sacha a écrit : "Le silence qui suit une pièce de Mozart est encore de lui !" C'est bien trouvé, non ? »

Bref silence, il allume une cigarette, tousse. Trenet s'époumone : « Y a d'la joie ! Partout, y a d'la joie ! » On apprécie un fort bon vent. On voit luire le soleil sur les flots du Saint-Laurent. Le temps est doux et on file vers l'est. « Vous aimez rire, vous, les jeunes, non ? Écoutez ça! Sacha a dit: "La morphine permet aux médecins de dormir en paix."» Hudon glousse, s'allume une autre cigarette. Nous avons ri et mon voisin en est encouragé: «Encore mieux? Sacha qui dit: "Dieu a créé la femme en dernier, on sent un peu la fatigue!"» Il s'étouffe de rire. «Encore? "Nier Dieu? Peut-être, mais pourquoi? Ce serait se priver bêtement du seul intérêt que peut avoir la mort!" Ça, c'est de la haute philosophie, non? Il a aussi écrit: "Aimer modérément est l'apanage des médiocres!"»

On s'embrasse. Après Trenet, défilent à la petite radio de l'auto des chansons de folklore et puis du western. «Quand le soleil dit bonjour aux montagnes…» Dans le dos de notre conducteur, on s'embrasse sans cesse. Approchant de Sorel, Hudon revient à sa marotte: «À la fin de la guerre, on a osé accuser Sacha d'intelligence avec les Nazis. Lui? On a osé le jeter en prison, un esprit libre, si fin, qui a déclaré sur le mariage: "Les hommes ont ce qu'ils méritent, les autres sont célibataires!"» Il rit très fort. «Quelle audace, pour un type qui a contracté cinq mariages, oui, cinq! Et c'est pas tout. Là, je vais vous étonner. À Paris, Guitry a participé à la toute première émission de télévision, en 1935! Vous voyez, c'était aussi un homme moderne et curieux de tout. Mais votre génération n'en a que pour Malraux, Sartre et Camus.»

On y est. Portières qui s'ouvrent. Qui claquent. Un vent plus fort s'est levé. Chants d'oiseaux dans ce joli site rempli d'arbres. Anita danse sur place, regarde partout, me semble si heureuse. On se choisit un coin sous des grands pins. Hudon, généreux, est allé dans un snack pour acheter des hamburgers, des frites et du Coca-Cola.

Anita, pieds nus dans l'eau, s'écrie : « J'adore la nature et pourtant je viens de grandes villes, Varsovie, Paris ! » Jean Hudon, soudain : « Quel métier pratiquait votre papa en Pologne ? » Un long silence. Puis : « Mon père était un habile mécanicien. Il était riche. Il ne chômait jamais, à Varsovie, il était très en demande avant… Avant… » Elle se tait, s'éloigne et va lancer des cailloux plats dans le fleuve. « Regardez ! » Extasiée, elle nous montre, au large, un paquebot immense à trois cheminées, qui vogue tout doucement vers Montréal.

Notre fou de Guitry a sorti une flasque de la poche de son blouson, la débouche, s'enfile une lampée. Puis il enlève ses grandes lunettes de soleil et va s'allonger sur une table de pique-nique : « J'aime l'histoire ! Je gagerais que vous ne savez pas ça, je vous raconte : imaginez, vers 1800, dans plusieurs villages par ici, vous auriez pu voir plein de gens dans des berçantes, sur leurs galeries, guettant, oui, oui, la venue de l'empereur des Français. Un Napoléon venant pour reconquérir la Nouvelle-France ! » Étonnés, incrédules, nous nous regardons, Anita et moi.

Mon père, l'interné dans sa gargotte, jacassait tous les soirs avec ce Hudon. Il m'avait dit : « C'est un hurluberlu qui a deux idoles, Sacha Guitry et Napoléon Ier. » En riant, je demande à Hudon : « Votre cher Guitry, il n'est jamais venu par ici, lui ? » Hudon s'allume un cigarillo : « Tu n'y crois pas, à cette espérance du retour de Bonaparte, mais je tiens ça d'un protonotaire de L'Assomption, un monsieur Roy, aussi historien. » Il avale de son « p'tit blanc », son mélange d'alcool pur avec du Seven Up.

Hudon, pompette, intarissable, vante sans vergogne son héros, Bonaparte : « Qui – le savez-vous bien ? – a changé la face de toute l'Europe, tel un nouveau Charlemagne. Ah, s'il avait triomphé en Russie ! » Je ne l'écoute plus vraiment, je regarde Anita qui s'est éloignée, qui marche le long de cette plage de Contrecœur, aveuglée par la lumière solaire. J'admire ma fée, ses longs cheveux d'or au vent, si à l'aise dans sa jupe marine, sa jolie blouse beige. Fuit-elle le bavard intempestif qui maintenant marche vers elle : « Jolie Demoiselle-de-Varsovie, saviez-vous que Napoléon s'était associé avec votre peuple ? » Elle ne se détourne même pas et je dis : « Oui, Boyer, notre prof de philo nous a raconté ça, un soir. »

Au retour en ville, dans sa voiture maganée, je ne suis pas surpris d'entendre le prof continuer de faire les éloges de Guitry, ce dramaturge, acteur et cinéaste : « Vous devez savoir qu'à Paris, Guitry a régné longtemps. Un monarque tout-puissant sur la Ville lumière. » Il n'en finira jamais... Assis en arrière avec ma blonde, je m'allume une Philip Morris. Je veux paraître bien informé : « Notre prof, Louis Archambault, revient d'une expo à New York et il nous a parlé de la télévision, disant que depuis la fin de la guerre, les Américains ont repris leurs travaux, que, très bientôt, dans un an, nous aurons tous la télévision à la maison. Vous y croyez ? » Anita parle : « Oui, mon père, fou d'inventions nouvelles, en est certain ! Voyez-vous ça ? Du cinéma chez soi, dans nos salons ! Je voulais vous dire aussi qu'à Varsovie, mon père nous parlait de votre Sacha Guitry. Papa aimait le théâtre et moi, j'avais dix ans, je montais des spectacles improvisés en me fabriquant des marionnettes avec mes poupées. J'improvisais des sketches pour les parents, les amis, et il paraît que j'avais du talent. D'après mon père.» Moi, surpris, je dis: «Nous répétons un Beaumarchais, *Le barbier de Séville,* je vais te recommander pour incarner Rosine, d'accord?» Elle rit, vide son sac de biscuits puis sort un sac de croustilles très salées, me le tend et j'en pige volontiers.

Nous approchons de Boucherville, je rêvasse. Quitter le 42, avenue des Pins, adieu la poterie, devenir un vrai comédien ou écrire des pièces modernes. J'ai retrouvé dans notre hangar un grand carton rempli de mes poèmes de collégien, je ne les juge pas bien forts. Eh oui, on dirait que, peu à peu, la céramique me captive moins et je n'aime pas ce tiraillement. Papa s'affolerait: «Obtiens d'abord un diplôme, un métier, il y va de ton avenir.»

Un soir récent, je ne trouvais pas le sommeil, je songeais de nouveau à comment me faire engager dans une station de radio. Le prof Boyer m'avait prêté sa machine à enregistrer. J'avais réussi à composer trois contes. Des histoires avec des bruits et quelques accords sur ma pauvre guitare payée dix dollars dans un *pawn shop* de la rue Craig. Je monologuais *ad lib.* Devenir conteur comme ce jeune Félix Leclerc! Ou un autre troubadour comme ce merveilleux jeune Guy Maufette!

À la fin de cette balade, Anita me dit «À demain!» au pied de son escalier. Pourquoi ne m'invite-t-elle jamais à monter chez elle? Anita m'a annoncé: «Mon père parle d'aller vivre à Toronto, il dit qu'il se trouverait un bien meilleur emploi, là-bas.» Je n'ai rien répondu. J'ai si peur de la perdre.

Dans le tram Saint-Denis, j'avais les yeux dans l'eau. Si je ne la revoyais plus? Plus jamais? Ce serait, il me semble, comme devenir aveugle.

12

Papa rencontre Anita

Même si elle fréquente désormais l'École du Musée, Anita a aussi obtenu la permission d'assister aux cours de Gros-Bassin. Je la vois plus souvent. Voici donc notre prof d'histoire de l'art encore accroché à sa lanterne magique. Et, dans le noir, ma belle s'empiffre, ce jour-là, de carrés aux dattes que ma mère m'a donnés ce matin. Derome roupille dans un coin. L'efféminé Bouchard nous montre son agenda neuf, reliure luxueuse, à la couverture de vrai cuir. À ses côtés, une Géraldine Bourbeau toujours en émoi, pâmée d'avance. L'échalas Savoie, tics au cou, sirote un café refroidi, et Patricia se plonge dans sa revue avant-gardiste.

Je tiens la main d'Anita. Les diapositives défilent et le père Bazin jappe son savoir. Le grand Carrache en tête de bal. Puis nous montre Masaccio et Fra Angelico. Enfin, voici Botticelli. Mais cette Vénus n'est pas aussi belle qu'Anita. J'ose l'affirmer à voix haute, on rit. De moi. Bazin frappe son pupitre : « Silence, jeunes ignorantissimes ! » On entend des mots nouveaux : *Quattrocento*. *Cinquecento*. Ça va vite. Cartier prend des notes la langue sortie. Costa, Foppa, Le Pérugin et puis des noms mieux connus : Canaletto, Da Vinci, le célèbre Michelangelo Buonarroti.

«Oh! le sosie de Géraldine!» marmonne, hilare, Legault-l'habitant. On voit le portrait de la laide Ginevra Bentivoglio. Éclats de rire. Le vieux Jules est outré. Puis, c'est un grand silence respectueux quand apparaissent sur l'écran les sculptures de Michel-Ange. Son Moïse, sa Pietà, le beau David. Anita me chuchote : «C'est toi en personne, toi tout craché!» Plaisanterie qui fait rire de nouveau. Ce nu à la fronde fait place à l'Esclave. Soudain, rigolade dans la classe, une diapositive surprenante : notre prof tenant par le cou une très jolie dame bien plus jeune que lui! Cris. Bousculade. Tintamarre. Une autre photo de ce couple s'embrassant! Bazin en est tout confus, bredouille des excuses et débranche vite sa machine.

Fin abrupte du cours tumultueux.

Anita avale mon dernier carré aux dattes. Gros-Bassin tousse, crache, ramasse sa mallette, sort en coup de vent : «À vendredi prochain, jeunes ignares!» On se réunit dans le hall, avec un peu de honte. Voici venir le directeur Jean-Marie Gauvreau. Il est mécontent. Le fondateur de notre école est un diplômé de la célèbre école Boulle de Paris et il espère une école exemplaire. «On me rapporte votre indiscipline. Si vous refusez de vous instruire, il n'y a qu'à le dire. Sachez que monsieur Bazin menace de démissionner.» Gauvreau, rouge de colère, court s'enfermer dans son bureau en grommelant d'imprécises imprécations. Rue Berri, Géraldine ouvre son grand parapluie – que je pourrais démonter et remonter –, elle me fait une bien laide grimace.

Il y a dix jours, pour mon anniversaire, la bande m'organisait une petite fête à la Casa Italia. Anita n'est pas venue, sa tante Helena va de plus en plus mal. Il a neigé en cette mi-novembre. Il fait très froid. Aujourd'hui, nous profitons d'un congé pour faire une promenade sur le mont Royal, du côté du petit lac des Castors. On y aperçoit quelques rares patineurs. «Est-ce que tu sais patiner?» Anita me fait une moue grimaçante: «Non, pas du tout, au domaine du sport, je suis nulle. Ne l'oublie pas: jeune, j'étais enfermée et ignorante de vos loisirs d'enfants gâtés.» Elle marche tristement vers la cafétéria du chalet public. Une gaffe encore. Ça me fait mal.

On dirait que l'hiver est pressé de s'installer. Une autre nuit de gel, il y a une mince couche de glace partout. Hier, surprise, une deuxième tempête de neige, une étonnante giboulée. Le timide soleil de novembre fait de son mieux pour dissoudre d'éphémères congères. À la cantine du chalet, nous buvons des chocolats chauds, puis nous sortons du parc par le chemin Remembrance Road. Passant devant le manège militaire, nous apercevons un groupe de jeunes soldats qui font une *drill*. Coups de sifflet stridents d'un gradé, l'armée file vers une vieille maison de pierres en moellons.

Nous marchons dans l'autre sens, vers la Côte-des-Neiges. Soudain, Anita qui dit: «Je ne suis jamais allée à votre oratoire Saint-Joseph, un édifice qui m'a toujours impressionnée, j'aimerais bien le voir de près. On y va? Tu seras mon guide.» J'accepte volontiers.

Chaque 19 mars, fête de saint Joseph, papa m'emmenait dans cette spacieuse église. Revoir ce musée de béquilles et de prothèses diverses m'amuse. Enfant, mon père me faisait m'agenouiller devant le cœur, arraché de sa poitrine, du frère André. L'organe baignait dans le formol. Je devais aussi prier à genoux devant le tombeau du célèbre guérisseur. Papa me disait : « Vas-y, demande la guérison de tes poumons malades et demande-lui que ton œil gauche se redresse ! »

J'y croyais. Enfant, je priais avec ferveur, suppliant le populaire thaumaturge. Rendus tous les deux devant le bocal à la relique plutôt repoussante, Anita en a les yeux agrandis. Je raconte tout ça à ma jolie Polonaise et elle sourit. J'ajoute : « C'est pas tout, chaque 19 mars, mon père m'emmenait aussi au rituel pèlerinage de nuit. Une longue promenade nocturne de la rue Jean-Talon jusqu'à Queen Mary Road. Chacun tenait dans sa main un gobelet à lampion allumé. Nous entonnions à tue-tête au milieu des rues la kyrielle des hymnes pieux. »

À la sortie de la basilique, Anita reste étonnée de voir tous ces gens montant à genoux les hauts escaliers. Elle me dit : « J'ai faim. » Dans la vaste cafétéria du site, surprise ! j'aperçois mon frère Raymond et ma sœur Nicole. Les deux enfants dévorent goulûment des sorbets. Je les présente à ma blonde. « Vous n'êtes pas venus seuls ici ? Papa n'est pas avec vous ? » Mon petit frère nous dit qu'il se recueille à la chapelle du frère André et qu'il leur a donné de l'argent pour ces gâteries. Nicole, les yeux bleus comme ceux de mon amour, est fascinée par la longue chevelure blonde d'Anita et veut la toucher. Anita se laisse faire, amusée, l'assoit sur ses genoux, la questionne sur ses études, sur ce qu'elle aime dans la vie. Deux grandes amies !

Soudain, mon père apparaît. Il me gêne, vêtu pauvrement, son éternel vieux chapeau de feutre, son manteau usé… Voyant Nicole sur les genoux de cette inconnue, papa s'assoit avec nous et prend ses gros yeux sévères. Je lui présente ma jolie blonde. «Ah, c'est vous ça, Anita?» Très froid, papa parle déjà de s'en aller. Anita lui dit, tout sourire: «Monsieur, je n'étais jamais venue ici. C'est un lieu très impressionnant!» Mais papa est déjà debout, ne la regarde même pas: «Nous devons rentrer, les enfants. Toi, n'oublie pas qu'on va fêter l'anniversaire de ton oncle Léo, ce soir. Tâche d'être là.» Je le déteste. Il refuse ostensiblement de s'intéresser le moindrement à ma compagne. Elle l'a bien senti et, à ma grande surprise, Anita se lève et ose: «En fait, qu'est-ce que vous nous reprochez au juste, à nous, les Juifs, pourquoi nous détestez-vous?» Papa en reste bouche bée. Il fait sortir Raymond et Nicole du restaurant: «Les enfants, allez m'attendre dehors, ça sera pas long, je vous rejoindrai.» Il s'approche d'Anita, je sens qu'il se retient de crier: «Vous voulez savoir ce que les catholiques du monde entier vous reprochent? Vous allez le savoir. Vous avez tué le Christ, notre Seigneur Jésus-Christ! Ne l'oubliez jamais.» Un long silence. Anita est secouée, muette de stupéfaction, lui tourne le dos, me regarde, ses yeux crient «au secours!» Je ne sais plus où me mettre. Forte envie d'aller gifler mon père. Satisfait, papa marche vers la sortie.

Anita pleure. Bousculade soudaine à l'entrée du restaurant. Une douzaine de pèlerins s'amènent en chantant une prière à saint Joseph. Je prends les mains d'Anita, deux glaçons. Je dis: «Mon père est un vieux schnoque.

Je suis navré à un point que tu n'imagines pas, Anita, jamais je lui pardonnerai ça!»

Anita reste effondrée, inconsolable. Je vais au comptoir, j'achète deux cornets, à la pistache, sa saveur préférée. En revenant à la table, je m'aperçois que mes mains tremblent.

13

«*A gutn tog*» pour dire «Bonjour»!

Je visite les locaux de son École du Musée en arrière du bâtiment central. Mon ami Gaucher y étudie lui aussi et joue le guide. Anita me semble heureuse, me dit: «Ici, aucun tour et surtout aucun four. Que des chevalets de peintre.»

Gaucher a invité aussi notre ami Juju Plouffe, acteur amateur et futur avocat. Pour payer ses études, tous les soirs, Julien vend des cônes de crème glacée – choix de dix-huit essences – au célèbre kiosque Robil de la rue Lajeunesse. Gaucher est arrivé avec des bagels chauds, achetés plus tôt rue Saint-Viateur. Anita se jette dessus et le sac va vite se vider. Abe Breitman, leur joyeux camarade, habile dessinateur de croquis, nous croque l'un après l'autre, avec son crayon à mine grasse, de la sanguine et des traits au pastel.

Sur une petite terrasse, soudain, Breitman se lamente. Hier soir, un camionneur éméché l'a insulté gratuitement, le traitant de «sale youpin barbu et délabré». Voilà Juju – quelle mouche l'a piqué? – qui lance à Abe: «Vous autres, les Juifs, vous passez votre temps à râler, à brailler sur vos malheurs passés et à venir.» Le gras Abe se déchaîne aussitôt: «En ce moment même,

notre peuple est en péril dans sa nouvelle patrie mena-
cée. On nous tue là-bas et toi, l'avocaillon, tu parles de
simples lamentations?» Juju, provocateur, adore la discussion. Avec son sourire malicieux, il continue: «Vos
gens circulent dans des accoutrements insensés, avec des
jaquettes mortuaires, les étoles jusqu'aux genoux, des
chapeaux de zibeline, les couettes frisées, c'est dépassé
tout ça!» Abe Breitman, choqué noir, s'est levé: «Ces
orthodoxes sont libres de suivre nos livres sacrés à la
lettre, on vit dans un pays libre, oui?»

Désemparée, Anita veut m'attirer dans sa classe. Juju
s'acharne: «Vous recevez l'aide des financiers juifs de New
York, vous avez la police de l'Irgoun, la Haganah, et plein
de soldats en armes, des réseaux de terroristes, avoue-le
donc.» Abe déchire une esquisse, sort de sa poche un
papier imprimé: «À entendre les cons de ton espèce,
on croirait que notre peuple n'est qu'un fardeau pour
l'humanité. Voici la liste des prix Nobel en physique:
Michelson, Lippmann, Wallach, Willstatter, Haber.
As-tu entendu parler d'un certain Albert Einstein, oui?
De Bohr, Frank, Hertz, Stern et Issac?»

Juju s'excuse. Abe, rouge de colère, continue: «Hesse
ou Henri Bergson, en littérature, tu connais? En méde-
cine, il y a Freud, un génie reconnu. Nous avons plusieurs prix Nobel. Le docteur Metchnikoff l'a obtenu en
1908. Ehrlich, Bàràny, Meyerhof, Landsteiner. Warburg
en 1931. Il y a Loewi, Erlanger, Gasser et Chain. Et puis
Müller. Ça te suffit, l'homme de droit?» Juju s'en va en
silence.

Voici un autre élève, Guido Molinari, qui s'amène
dans sa chemise de coton rayée jaune et rouge, son

inséparable chapeau haut de forme, sa loufoque queue de pie. Il exécute une danse comique et Abe, calmé, danse avec lui. On rit et il n'y a plus aucun bagel dans le sac.

Un samedi frisquet. Anita et moi sortons du cinéma Plaza, rue Saint-Hubert. Au programme, deux films qui n'avaient rien en commun. Hélas, Anita comprend encore moins que moi la langue des États-Unis. Elle se penchait sans cesse pour me questionner. D'abord, ce fut la projection de *Casbah*, avec la populaire Yvonne De Carlo. Tony Martin joue Pépé le Moko, héros d'un roman français éponyme dont Hollywood a tiré ce film. Ce fut ensuite, nous sommes venus pour lui, le captivant *Rope* d'Alfred Hitchcock.

Le temps s'est refroidi, il est cinq heures et demie de l'après-midi. Surprise de voir qu'il est tombé une autre folle neige. Sur le trottoir, Anita boutonne vite son long manteau de drap olive. « C'est beau, non ? J'aime la neige. J'aime la blancheur. J'aime ma robe blanche que tu aimes tant. » Elle tente maintenant de façonner une balle de neige, n'y arrive pas et rit. « À Varsovie, enfant, j'étais folle de la neige. Qui était rare. » Au coin de la rue Beaubien, une femme au nez crochu, vêtue d'une longue cape violette, un voile sur les cheveux, surveille attentivement une cage ! Dedans, un perroquet et un éventail de cartes colorées. La bohémienne, au sourire de sorcière, à l'accent bizarre, nous interpelle : « Prédiction de votre avenir ? Seulement dix sous ! » Elle y était déjà quand j'étais enfant, et déjà j'en avais peur.

Anita rit de me voir verser mon obole à cette Gitane. « C'est pas pour moi, madame, mais pour mon amie ! » Le perroquet en cage a pigé une carte qu'Anita m'arrache et lit : « Vous vivrez une longue existence. Vous voyagerez. Vous devez vous méfier des rencontres avec des étrangers. Restez prudente. Vous sortirez toujours indemne de tous les pétrins. »

Anita devient rêveuse. Relit sa carte. On s'éloigne de cette pythonisse. Anita m'embrasse, relit encore sa fiche puis secoue la manche de mon duffle-coat : « Moi, me méfier des étrangers ? C'est moi l'étrangère. » Elle ne m'est pas du tout une étrangère, c'est la fille que j'aime ! Je la serre dans mes bras : « Tu es d'ici, à jamais, et pour toujours. Nous allons nous marier un jour, nous aurons de beaux petits enfants. Je les imagine qui jouent dans l'argile de notre atelier. » Elle a pris son regard triste. « As-tu oublié que je ne peux pas ? » Elle se prend un Life Saver. Rouge. « Sois pas triste, viens, je t'emmène au restaurant Delico. Préfères-tu le Vénus de l'autre côté de la rue ? » Elle me dit de choisir. « Chez Delico, c'est probable qu'il y aura des amis de la bande », que je lui dis.

On marche donc vers le nord et qui vois-je, qui sort d'un magasin de meubles ? Elle. Ma mère ! « M'man, je te présente Anita Geller. » Mince sourire, molle poignée de mains. « M'man, tu as mis ton chic manteau en mouton de Perse, tu ne sors donc pas de chez Greenberg ou du Wise Brothers ? » Je raconte à Anita que ma mère a un pauvre manteau de mauvais drap quand elle veut négocier des rabais chez certains marchands. Qu'elle adore discuter les prix. Maman d'un jet : « Oui, mademoiselle, et ça fonctionne. C'est dans la nature des Juifs de marchander, tout l'monde sait ça. Nos p'tits Juifs ont des prix qui peuvent varier énormément. »

Anita me regarde. « M'man, Anita est Juive et elle ne négocie jamais. Rien. » Lourd silence. Embarrassée, ma mère baisse la tête, regarde ailleurs : « Tiens, la bohémienne au perroquet est toujours là ! » Anita lui montre sa carte de « bonne aventure ». Ma mère la lit. « Pouah, des sornettes de romanichelle ! Nous autres, les catholiques, on crache sur ces niaiseries ! » Nouveau malaise.

Je mens et je dis qu'on est attendus au Vénus. J'entraîne ma blonde et on traverse la rue, maman suit et hausse soudain la voix : « Mademoiselle, je veux que vous sachiez que je n'ai rien contre votre peuple. Tenez, j'ai jamais empêché mon garçon de s'embaucher chez Steinberg comme *wraper*. Ni comme planteur de quilles au Gluckman-Bowling. Allez questionner monsieur Greenberg, il va vous dire qu'il m'aime bien et moi aussi, je l'aime bien. Ou allez chez monsieur Wiseman, c'est là que j'ai habillé tous mes enfants. »

Silence. Malaise.

Me voyant tirer sur Anita, ma mère ajoute : « Les Juifs sont du monde honorable. À Pointe-Saint-Charles où mon papa était boucher, on avait de bons clients, des Juifs. » Malaise encore. Je dis à ma mère qu'on doit vraiment filer au Vénus. Anita se défait de ma prise et, la main tendue : « Madame, je suis contente de vous avoir rencontrée. » Maman lui prend le bras : « Pas question d'un restaurant, vous allez venir souper à la maison. J'ai préparé un bon rôti de porc. Oh, pardon, j'oubliais que votre religion vous le défend, je m'en excuse. Venez, j'ai des pâtés. » Anita lui dit que sa famille n'est pas croyante. Ni pratiquante. Et je repense aux propos de son père à la quincaillerie.

Nous marchons rapidement, le froid augmente. Anita dit : « Je n'en reviens pas, madame, vous êtes le vrai sosie de ma mère. » Maman fait un arrêt, toute surprise. Sourit. D'une voix rieuse : « Ah ! Eh bien on pourra vérifier ça. On finira bien par rencontrer votre maman un de ces jours, non ? » Anita dit : « Impossible. On a mis ma mère et mes sœurs dans un four à Auschwitz. »

Un grave long silence.

Maman me jette un regard désespéré. Anita l'achève en lui déclarant : « Il y a que votre mari déteste tous les Juifs, je crois qu'on ferait mieux d'aller au restaurant. » Maman en reste muette un moment, puis : « Mon mari a des idées et des opinions de l'ancien temps, mon garçon vous le dirait, mais on ne le verra pas, il est à son restaurant pour le *rush* des jeunes zazous qui vont au cinéma, au Rivoli ou au Château. »

Nous marchons. Chez le libraire Raffin, je regarde une affiche dans la vitrine : chaque année, il y a un grand concours littéraire pour l'obtention du Prix du Cercle du livre de France. Je dis à Anita : « J'enverrai un manuscrit un jour et je gagnerai, tu vas voir ! » Elle me fait une belle bise. « Oui, j'en suis certaine ! »

Dans la cuisine, autour de la table familiale, on n'est que six. Ma sœur aînée, Lucille, est chez René, son fiancé. Marcelle a été invitée chez les Delorme avec son amoureux, Jack, et Marielle, ma quasi-jumelle, soupe chez sa grande amie, Pierrette Morneau. Pas de porc frais et maman est allée ranger son rôti dans sa « dépense froide» sur le balcon d'en arrière. Elle a sorti de ses pâtés à la viande. Du poulet!

À table, la fragile benjamine, Marise, est tout excitée par cette invitée pas comme les autres. Mon petit frère Raymond, lui, est muet. Timide, il rougit à la moindre marque d'attention d'Anita. Nicole est toute contente de revoir «la gentille fille de l'Oratoire». Élève brillante à l'école, Nicole, tout au long du repas, questionne Anita sur son enfance à Varsovie, sur la Pologne. Au dessert – tarte au *mincemeat* –, Nicole n'en finit plus de vouloir apprendre des mots en yiddish. Rieuse, Anita lui enseigne *a gutn tog* pour dire *bonjour*. *A gutn ovnt* pour *bonsoir*. *Lekhaïm* pour *à votre bonne santé*. Je vois que les miens sont très étonnés de voir Anita manger si goulûment. Son appétit formidable.

On s'en va et, dans le portique, Nicole veut encore en apprendre. En mettant son manteau, Anita ajoute: «On dit *shalom* pour *la paix*. *Khazer* pour *cochon*, la viande qu'on n'a pas mangée.» Ma mère rit. Anita se bouche le nez: «On dit *shtinkt* qui veut dire *ça pue*.» La fragile Marise éclate de rire. *Meshigener*, se dit pour *un fou*.» Anita me montre du doigt. La marmaille entassée dans le vestibule rigole fort. «Enfin, on dit *schmatteh* pour cette *guenille*», elle désigne celle qui est dans un coin du portique.

On sort sur le balcon. Nicole nous crie: «*A gutn ovnt, a gutn ovnt*, bonsoir Anita!» La porte restée ouverte, qui voit-on surgir soudain dans le couloir derrière maman? Lui. *Mon père*. Anita se sauve. Je la suis.

Sous les lampadaires, partout la neige légère reluit. Je vois notre voisin Jean-Guy Cardinal, imprudent, qui traverse en lisant un journal. Un tramway fait sonner violemment sa clochette. Anita va s'appuyer sur une vitrine latérale tout illuminée du cinéma. Grand placard en couleurs, vrai sosie d'Anita, on voit l'actrice Veronica Lake souriante pour annoncer *Le dahlia bleu.* «Elle est moins belle que toi, sais-tu ça?» Subitement, Anita éclate en sanglots. «Mon amour, qu'est-ce qu'il y a?» Le visage couvert de larmes, Anita cherche un mouchoir dans son sac. «Il y a que tu es chanceux. Il y a que moi, je n'ai pas ce que toi tu as, une famille, un frère, des sœurs. Moi, je suis seule au monde!»

J'ai très mal. Notre tramway s'amène.

14

Un juif oblique

Par un beau dimanche après-midi, nous décidons d'aller marcher au Jardin botanique dans l'est de la ville. Anita étrenne fièrement, sous son manteau, une robe de crêpe d'un rose lumineux. Oh, la belle jeune Polonaise! Je me dis que Balzac et Bonaparte, amateurs de Polonaises, en auraient été fous.

«Tu sais, la fois de notre visite au parc Belmont, eh bien, j'y repense et je me revois quand papa m'emmenait au Luna Park de Varsovie. C'était ma récompense chaque fin d'année scolaire. Si j'obtenais de bonnes notes. J'étais une première de classe, on y allait souvent. Mon grand bonheur. Mais papa était craintif comme toi tu l'es. Par exemple, il me refusait l'accès à la Grande Roue. Ah oui, interdiction formelle d'y monter!»

Elle rit. Avec son petit rire grêle. Son geste de la main pour se retrousser le nez. Elle semble refuser le bonheur, un peu mal à l'aise de s'amuser. Croit-elle qu'elle n'y a pas droit? J'en suis mal.

Une tempête de neige – la dernière, espérons-nous – est tombée hier et tous les jardins sont comme recouverts d'immenses et vaporeux draps bien propres. Nous allons visiter les serres de plantes tropicales. On aime l'air chaud de ces lieux vitrés, merveilleux abris face à l'hiver qui agonise. «Ma mère – elle se tait un bref moment –, ma mère raffolait de nos balades du dimanche au grand et beau Jardin botanique de Varsovie. Papa, lui, ne cessait de vanter notre frère Marie-Victorin à nous, le savant Semenovich. Il avait fondé ce lieu en pleine guerre. En 1917. Mon père insistait: "Ma petite fille, ouvre les yeux grands, il y a ici près de huit cents espèces!"

«Il me racontait le XVIIe siècle quand notre roi, Ladislas IV, créa un premier jardin botanique près de son château. Il appartient maintenant à l'université, je l'ai visité, de jolis bassins partout et de grandes serres comme ici. Les Allemands ont bombardé tout ça. Le jardin zoologique aussi. Une énorme tuerie d'animaux. Au ghetto, mes parents étaient catastrophés par ce carnage insensé. C'était juste un peu avant les rafles pour nous expédier, tous, à Auschwitz.»

Chaque fois qu'Anita prononçait ce mot-là, je figeais, j'étais terrorisé. Je serrais les dents, je me retenais, j'aurais voulu la prendre dans mes bras, danser, chanter à tue-tête. Quoi faire pour lui faire oublier sa tragique adolescence dans un camp de la mort?

Je l'imagine affamée, squelettique, mal vêtue, perdue, désespérée. À son âge, je dansais le jitterbug tous les soirs dans les salles de Pointe-Calumet, insouciant, bronzé, flirtant les jolies filles bien nourries; tandis qu'elle, Anita, la peau sur les os, reniflait, écœurée, les fumées nauséabondes des crématoires.

Je peine aujourd'hui à admirer les fleurs exotiques dans cette magnifique serre tout ensoleillée. Comment fait-elle pour oublier l'horreur? Je l'observe, heureuse et tout éblouie par les orchidées, les amaryllis, les roses du désert, les fleurs de la passion, les couronnes du Christ, les chrysanthèmes. Elle m'entraîne partout, souriante, pour me montrer aloès de Madagascar, calandres, cytises, tecoma, frangipaniers. Devant mon air grave: «Tu es vraiment un artiste dans l'âme, le potier du 42, crois-tu que je ne vois pas tes yeux mouillés?» Elle va vers une fontaine et j'en profite pour aller m'enfermer aux toilettes publiques. Il n'y a personne. Je me lave le visage à l'eau froide. Je me regarde dans le miroir, je murmure: «Mon Dieu, je crois que Samuel Geller a raison. Dieu, tu n'existes pas!»

Dehors, près du restaurant, dans sa belle robe de crêpe – jolie fleur tropicale – Anita m'attendait en souriant. Je l'ai prise dans mes bras et elle m'a dit: «Ris pas, mais j'ai encore faim!»

J'ai éclaté de rire.

J'ai l'impression qu'Anita est plus intelligente que moi. L'entraînant souvent aux cours libres du soir, chez Lucien Boyer, je découvre qu'elle saisit mieux que moi le sens des théories philosophiques des Kant, Nietzsche, Kierkegaard ou Schopenhauer. Boyer ose même nous initier à Engels, à Karl Marx. Étudiant puis prof à Béziers, en France, Boyer a été communiste comme tant de jeunes militants de la Résistance. Une fois rapatrié, bardé de diplômes, il a voulu enseigner à notre université du mont Royal. On s'était informé, et ce fut évidemment un «non» catégorique, malgré son doctorat obtenu là-bas.

Moi? Même si je lis le *Lexique de la philosophie*, j'ai du mal à décortiquer ce fatras de thèses qui me semblent des élucubrations sibyllines, quasi ésotériques. Suis-je borné, allergique, réfractaire aux concepts abstraits? Je ne suis donc pas surpris quand Boyer lance : «Chère petite Anita, vous avez tout compris. Bravo!» Anita le questionne souvent, faisant voir sa compréhension. Elle venait de déclarer : «Ce Schopenhauer, n'est-il pas un penseur assez cynique, toujours noir, au bord du découragement? Je le juge désespéré des humains, de l'avenir des humains.»

Pause avec café au milieu d'une aride leçon. Boyer nous offre un rafraîchissement alcoolisé. Il nous lit son dernier poème. Ensuite, il éprouve l'envie de nous livrer des bribes de son passé. Comme tant des nôtres, quand la France fut envahie par les Allemands, Boyer se retrouva privé de passeport. Plusieurs Canadiens français, dont le peintre Beaulieu, furent faits prisonniers et internés à Saint-Denis. Boyer échappa à ce sort. Jeune professeur du sud, en zone encore libre, il épousa une Toulousaine et réussit à fuir la France en 1942. Admiratifs, on l'écoute évoquer les risques qu'il prenait pour faire passer des messages de la Résistance clandestine, avec le réseau auquel il appartenait. Des petits commerçants, de Toulon à Marseille, soutenaient leur lutte contre l'occupant nazi. Mais il ne joue pas le héros : «Vous savez, je n'étais qu'un petit pion dans cette bataille, un maillon parmi des centaines et des centaines de patriotes.»

Voilà qu'il nous chante le célèbre chant des Partisans, de Kessel et Druon : «Ami, entends-tu le vol noir des corbeaux sur nos plaines?...» À la fin de sa récitation,

Anita a les larmes aux yeux. Boyer lui dit : « Je m'excuse, je m'excuse. Je ne voulais pas vous faire de la peine. » Comme pour changer l'atmosphère, il s'écrie : « Les jeunes, je vous offre le spaghetti italien au restaurant Peter's ! » Notre mentor, nous sachant une petite bande de désargentés, nous invitait souvent à bouffer « sur son bras ». Il dit : « Chez Peter's, j'ai donné rendez-vous à un nouvel ami, Jacques Neufeld. Je veux vous le faire connaître. Lui, il a pris des risques énormes durant la guerre, de Nice jusqu'à la frontière espagnole. Il a été un Juif héroïque ! » Le groupe se retourne pour regarder Anita qui rougit. On y va.

En face du ciné Château, chez Peter's, Boyer nous présente son ami, Jacques Neufeld, qui nous attendait. Un petit bonhomme replet au dos un peu courbé, aux yeux d'un bleu très clair. Émigré ici, Neufeld est devenu vendeur itinérant. Il connaît à fond toutes les régions du Québec.

Rieur, il embrasse très chaleureusement Anita puis, dans un silence respectueux, on écoute le récit de ses aventures rocambolesques. Il remplissait un rôle essentiel et mettait perpétuellement sa vie en danger. Par exemple, en distribuant de faux papiers, de la fausse monnaie, ou en organisant le passage à travers les Pyrénées de lourds convois de Juifs pour les conduire à un port d'Espagne ou du Portugal.

À la fin de la guerre, un bateau l'emmena en Amérique. Boyer : « Ça n'était pas facile d'entrer ici, le premier ministre du Canada, Mackenzie King, avait déclaré en 1939, à la suite d'une demande officielle internationale d'accueil des Juifs : *None is too many !* »

On n'en revient pas. On ne se lassera pas d'entendre Neufeld narrer les activités secrètes qui mettaient sa vie en péril tout en restant capable de rigoler ; il parsemait son récit de gaudrioles.

Soudain, il prend la main d'Anita : « Par pur hasard, est-ce que votre famille a bénéficié de l'une de mes expéditions de nuit en montagnes ? » D'une petite voix, Anita, d'une toute petite voix : « Ah non, pas d'Espagne pour nous, ni de Portugal, ni rien ! Quand j'ai quitté mon horizon de fours crématoires à Auschwitz, ça a été en vitesse, Paris et l'hôtel Lutetia, sans bagage, les mains vides ! » Silence total. Neufeld baisse la tête.

Puis les spaghetti italiens arrivent, fumants, sur notre table. Soudain, vacarme, toute une escouade d'agents de la police municipale envahit le restaurant. Un officier crie : « Que personne ne bouge ! » Nous savions qu'il y avait, dans l'arrière-salle et à l'étage aussi, des tripots illégaux nommés *blind pigs* où l'alcool coulait à flot. Tension. Comme pour casser le malaise, Neufeld vide son verre de vin, éclate d'un rire tonitruant : « Mes jeunes amis, hélas, maintenant je suis impuissant devant la police ! » Boyer s'y met : « Chère Anita, que dirait l'amer Schopenhauer en découvrant cette pègre montréalaise ? » On assiste à la sortie des malfrats menottés. Les pâtes ont refroidi mais nous, les ventres creux, on les avale quand même sans se faire prier. Bientôt, hélas, plus de vin rouge, et on en est aux cafés quand Neufeld se lève, regarde intensément Anita, se penche pour lui donner une chaude accolade, nous salue et puis s'en va. Aussitôt, Boyer, à voix basse : « Mon ami Jacques est un homme oblique ! Allez vite le voir marcher, vous verrez, un homme oblique, penché, le corps de travers. Est-ce à cause de son passé de méfiance? Allez voir!» J'y cours avec Gréco et Lafortune. C'était vrai. On a vu cet *homme oblique* qui s'en allait «de travers» vers le Château et son tramway Saint-Denis.

15

Napoléon-sur-le-Lac

Ma foi, on dirait l'été des Indiens, un temps quasi tropical en plein mois de mai! Anomalie bienvenue. Anita me rappelle le bonheur pris sur ces plages de Contrecœur. Alors, au retour d'un film au Rialto, je lui propose: «Demain, si on allait se tremper au bout de l'île, à l'ouest de la ville? Bonne idée, non?» J'y étais déjà allé avec ma bande d'amis. Cette plage, l'Anse-à-l'Orme, est toute proche de l'île Bizard, dans une baie à la croisée du lac des Deux-Montagnes et de la rivière des Prairies.

Ce soir-là, elle saute de joie au pied de son escalier et m'embrasse plus fort que jamais. «On monte chez toi? J'aimerais bien revoir ton papa.» Hélas, encore une fois, un refus. «Mon père ne va pas bien, il est couché, il doit dormir.» Un mystère. Suis-je un goy dangereux aux yeux d'Helena, sa vieille tante?

On se retrouve samedi matin au Terminus central des autobus, rue Dorchester. Ma mère nous a fait un bon lunch de sandwiches. Un au baloney, un autre aux œufs, aussi deux aux tomates. À la gare, plein de monde, effet de ces chaleurs suffocantes et surprenantes. Une guichetière énervée nous dit: «Vous avez un bus dans trente minutes pour Sainte-Anne-de-Bellevue en roulant par le sud. Ou bien, avec celui du nord, pour Sainte-Geneviève. Départ dans deux minutes.» C'est à notre choix. «À Sainte-Geneviève. Pour l'Anse-à-l'Orme, on fera du pouce, mon amour, c'est pas loin.»

Une fois à destination, boulevard Gouin, dès que je lève le pouce, s'arrête une *station wagon* brinquebalante avec, côté passager, une petite chèvre qui semble endormie! Au volant, une bonne sœur très vieille mais encore énergique, les joues roses, les yeux vifs: «Montez en arrière, les jeunes. Montez, les amoureux!» Nous rions et la remercions.

Quand on lui dit vouloir aller se baigner à l'Anse-à-l'Orme: «Moi, je rentre à notre ferme du Cap-Saint-Jacques. La plage, c'est pas bien loin, je vous y conduirai avec plaisir, mais avant, aimeriez-vous visiter nos installations? C'est une ferme qui date de la fin des années 1600, vous savez!» J'explique à l'aimable nonne qui conduit vite et imprudemment que nous sommes très en retard. «Nos amis doivent s'inquiéter.» Pieux mensonge. À l'arrivée, grands saluts de part et d'autre, la religieuse à cornette démarre sur les chapeaux de roues, un vrai cowboy en bure!

Vite, on va aux cabines de déshabillage. Anita m'apparaît dans son joli maillot jaune serin. Coquetterie? Elle porte à son bras gauche, comme à Contrecœur, un large bracelet de fleurs de coton. Comme je suis heureux de voir ma belle sirène qui court vers la rive. Nous admirons au loin le très grand lac des Deux-Montagnes. La baie reluit sous le soleil dardant.

Une femme d'un certain âge, rondelette aux cheveux rouges dans un maillot à jupette d'un vert lime, vient vers moi et me dit qu'il y a, sur un coteau à l'ombre des ormes, quelqu'un qui aimerait bien me parler. Et qui est-ce que j'aperçois qui me fait de grands gestes ? Lui, le fou-de-Sacha-Guitry, mon voisin de la rue Saint-Denis, Hudon. Il nous présente : « C'est Paulette, une grande amie d'enfance, ma plus fidèle amie et rien de plus ! »

Anita épluche des tangerines, écoute cette Paulette bavarde, infirmière à Sacré-Cœur. Elle dit qu'elle est une « veuve toute récente ». Se sent un peu honteuse d'être là en maillot vert luisant, un casque de bain mauve sur la tête. Elle se colle pourtant au prof Hudon, lui caresse la nuque : « Faut me comprendre, j'étais dans une grande détresse quand, par un pur hasard, j'ai rencontré Jean qui m'a invitée ici. » Assis autour d'une table de planches, Hudon – Guitry, c'est fini ? – nous jase de son autre idole, Bonaparte. « Êtes-vous capables, mes amis, d'imaginer ça, en seulement cinq ans et trois victoires, l'ex-petit caporal corse va conquérir un tas de pays. Son empire va s'étendre de Rome, y compris les États pontificaux, jusqu'en Hollande et, je vous le redis, Mademoiselle-de-Varsovie, Bonaparte a chassé les Russes qui occupaient votre patrie. » Anita l'écoute d'une oreille tout en s'amusant à nettoyer une pièce de *drift wood* comme si c'était une précieuse sculpture. Le prof fume cigarette sur cigarette et vient patauger avec nous au bord de l'eau avec, aux pieds, de lourds *running shoes*. D'un geste rapide qui se veut discret, il sort sans cesse sa flasque d'un sac et avale de son cher Seven Up arrosé d'alcool pur.

Maintenant on regarde, un peu au large, Anita qui fait la planche, les yeux fermés à l'astre, sans doute lassée d'entendre ces napoléonneries. «Oh oui, incroyable aventure que ces trois grandes victoires, et toute l'Europe en sera changée! Austerlitz d'abord, 1805. Puis Friedland, 1807. Enfin Wagram en 1809.» Pour le faire taire, Paulette le tire en eau plus profonde. Il résiste, à bout de souffle, barbotant, Hudon nous crie presque: «Avec cette première victoire à Austerlitz, ce n'est pas rien, l'Empereur signe, tenez-vous bien, la fin du fameux Saint-Empire romain germanique, c'est un énorme fait historique!» Sa rougette ricane: «On peut pas le faire taire, il est crinqué comme un gramophone!» Nous rions. La flasque apparaît, disparaît. Nous allons, quatuor enjoué, nous acheter des cornets de frites à un stand au bord de la route.

Grande surprise! Hudon nous appelle: «Venez voir ça! J'ai loué une barque à moteur. Un "10 forces". On va aller naviguer au grand large!» Anita en est ravie et va vite s'installer à la proue en se recouvrant les épaules d'une mante de ratine rose. Le prof me laisse manœuvrer le petit moteur et va s'installer au milieu de la chaloupe aux côtés de sa veuve joyeuse. Ma blonde nous tourne le dos, chantonnant un air en yiddish, ses cheveux dorés volent au vent. C'est la Vénus de Botticelli, assise et sans le coquillage célèbre!

Ça y est, encore Austerlitz. «Oui, Austerlitz, c'est terrible mes amis, pas moins de 20 000 prisonniers autrichiens, 20 généraux russes à sa botte! Venise est maintenant à lui. L'Autriche perd non seulement l'Italie, mais toute l'Allemagne du Sud! Se méfiant de tout le monde, Napoléon confie le trône de la Hollande à son frère Louis, et celui de Naples à Joseph. Après cette première écrasante victoire, un nouveau monde vient de naître.»

Je propose de traverser le lac pour aller voir le chalet paternel sur la rive d'en face. Proue-Anita applaudit aussitôt l'idée et je lance le moteur au bout. Quinze minutes et c'est le débarquement sur notre petite plage familiale. L'écriteau «Plage privée, Private beach» a été arraché. La porte du camp d'été est barricadée de *plywood*. Tous les contrevents sont fermés. Anita marche vers les deux saules du rivage et je dis : «C'est à ces arbres qu'on accrochait le hamac.» Elle : «C'est donc ici que tu as passé tes étés? Grand chanceux!»

Je revois le bûcher où si souvent, le soir venu, nous allumions des feux de camp. Avec maman et son cher album *La bonne chanson* de l'abbé Gadbois, nous chantions ou nous nous racontions nos excursions de l'aprèsmidi, nos prouesses acrobatiques, les potins du jour. Les traditionnelles chaises, faites de simples planches, sont toujours là. Des restes de bûches pas entièrement consumées gisent entre des pierres posées en cercle. Hudon enlève sa casquette à longue palette, s'agenouille dans le sable pour tenter d'allumer un feu avec son lourd briquet Zippo.

L'ombrage des vieux saules nous fait du bien. Anita se jette sur une des chaises. Paulette aussi. Incapable de faire un feu, notre grand historien se sert une nouvelle rasade de sa liqueur alcoolisée, puis sort de la poche de sa chemise kaki un long mégot de cigarillo qu'il suce, qu'il mordille sans l'allumer. Et, ça y est, il va reprendre son antienne : «Ah, mes amis, Austerlitz qui le mène à délivrer votre Pologne, Mademoiselle-de-Varsovie, et qui le conduira à la célèbre bataille de Friedland.» Il s'approche de moi : «Écoute, tu es un Lefebvre par ta mère, eh bien, le fameux maréchal Lefebvre y fut un brillant stratège. J'ai même dit à ta maman qu'elle était peut-être de ses descendants et elle en fut songeuse, sais-tu ? » Hudon rit. Ne parvient pas à allumer son cigarillo trempé de salive.

Anita monte l'escalier de trois marches menant à la terrasse gazonnée et s'installe dans la grande balançoire de bois jaune. Je l'observe qui admire le lac, se tourne vers le prof et dit, d'une voix moqueuse : « Professeur ? De ces rivages, ici, est-ce que les gens guettaient aussi le retour de Bonaparte en Nouvelle-France ? » Hudon fait une grimace. Je cours à la balançoire pour embrasser ma belle.

On voit soudain arriver Ubald Proulx, le fermier qui, l'été, nous vendait des légumes, du bois de chauffage, des blocs de glace. Chapeau de paille derrière la tête, rude pantalon aux larges bretelles, pipe de blé d'Inde au bec, il gueule de sa voix râpeuse : « Cré tac ! De la grande visite ! C'est-y une conférence au sommet ? » Il crache de son jus de pipe. Le prof, heureux de voir grossir son audience, enchaîne : « L'empereur Bonaparte partira à la conquête de la Suède, là où va se signaler Bernadotte, et Napoléon le fera "roi de Suède". Ses descendants y sont encore au moment où je vous parle. Bonaparte, avec toutes ses batailles gagnées, devient un deuxième Alexandre le Grand ! C'est dire ! Il ne lui reste que la Russie à conquérir. Et il y ira… Mille fois hélas ! »

Ubald Proulx va prendre, comme on dit, le crachoir : « Ben, moé itou, m'en vas vous en donner un cours d'histoaîre. Saviez-tu ça, vous autres ? À chaque printemps, par icitte, le lac se remplissait de cageux. Oui, môssieu ! Plein d'immenses radeaux à pitoune voguaient au large, icitte. Avec plein des *raftmen*. Icitte, drette là devant vous!» Anita, amusée par ce langage, éclate de rire. Ubald continue: «La drave, c'était pas de la p'tite acrobatie, mon père me contait ça, il les voyait qui sautillaient avec leu'gaffes, leu'pics, pis des fois, cré yable, avec de la dynamique esplosive pour faire sauter les embâks de billots. Les vieux d'la place, y z'en ont ramassé des estropiés, pis des noyés raides morts!» On reste tous muets et Ubald est content. Il crache, bourre sa pipe, poursuit: «Mon p'tit gars, le camp que j'ai vendu à ton père, on l'a construit avec le bois de barges échouées su' la grève. Va regôrder en dessour' du camp, tu vas voir des poutres en courbures.»

Ubald allume sa pipe. «Allez pas loin, à Saint-Placide, y a là un quai de ciment. Énorme. Avec des escaliers chaque bord. Ça déchargeait en grand à partir de Hull pis d'Ottawa. C'est écrit que c'était le plus grand chanquier de bois de l'Univers! Oui, oui, de l'Univers!» On est toujours muets. Ubald est satisfait: «Bon, bin, j'y vas, j'ai mes pommiers à Saint-Joseph. Je vous fais mes saluts!» Étonnant de voir Hudon qui se tait!

Paulette et Jean, avec des râteaux, vont ramasser les joncs morts du rivage. Je décide d'emmener mon grand amour aux buttes de sable de la carrière des Pomerleau, derrière la chapelle.

«Ici, tu vois, j'organisais des jeux pour mon petit frère et ses amis. Tous déguisés en cavaliers arabes. J'avais lu un album. On galopait sur nos chevaux, arabes bien entendu. Étant le plus vieux, j'incarnais leur chef, l'émir. Anita, tu vas rire, les amis se nommaient Saint-Cyr, Saint-Onge, Saint-Charles, et il y avait aussi un Saint-Cerny! Incroyable, hein?» Elle rit. «Maintenant, l'été, je dois travailler, mais mon frère vient sûrement y galoper encore.» Je me questionne: suis-je nostalgique de mon jeune temps des jeux? Non, j'ai Anita. Je revois les rangées de grands pins du maire Poupart, la chapelle au loin, la quincaillerie Gravel, le marché de monsieur Champagne. Je rêve. Je lui montre la petite gare de Pointe-Calumet. Elle aperçoit un long train de wagons de fret stationné, et elle frissonne, je l'entends marmonner: «Des trains comme à Auschwitz.» Alors, vite, je l'entraîne vers les hautes buttes de sable. Elle grimpe en courant, j'ai peine à la suivre. Je la vois qui se laisse glisser, je l'imite.

En bas des dunes, un lac d'un bleu clair. Nous nageons dans cet étang géant créé par les veines d'eau crevées. Tous les nuages du ciel s'y reflètent, l'impression de nous baigner au milieu de nénuphars géants que nous émiettons avec nos bras, avec nos jambes. Anita me semble redevenue cette enfant qu'elle n'a pu être. Derrière nous, au loin, le soleil se couche sur les trois chapelles chaulées de la montagne d'Oka. Là où je peignais des aquarelles du temps de l'hôtel Baronet.

Retour à l'Anse-à-l'Orme, Anita, fière, s'est mise au moteur de la chaloupe. Les cabines de nouveau et c'est le retour en ville, boulevard Gouin. Dans la Chevrolet du prof... retour aussi à Bonaparte: «Mes amis, troisième et dernière grande victoire: Wagram, 25 000 morts et lourdes indemnités de guerre à payer pour les Autrichiens. L'apogée de son Empire! 70 millions, oui, 70 millions de sujets, 130 départements! C'est 750 000 kilomètres de territoire conquis par sa Grande Armée. Attention, Mademoiselle-de-Varsovie, avec l'aide d'un grand nombre de soldats polonais.»

On roule. Sa veuve carotte s'est endormie. Soudain, Hudon hausse le son de la radio, exulte, causerie sur son autre idole, Sacha Guitry, il ferme enfin son clapet.

Au pied de son escalier de la rue Clark, je n'en peux plus : « Est-ce que tu vas me dire, Anita, pourquoi tu ne m'invites jamais à entrer chez toi ? » Elle se pince les lèvres, regarde la rue, d'une main nerveuse, elle replace sa frange dorée, finit par dire : « Il y a Helena, ma tante, qui est très malade, qu'un rien terrifie. Elle se croit toujours en Pologne et tout l'énerve. Une voisine la garde quand mon père est à son travail. Nous essayons de ne pas la perturber, par exemple, en amenant des inconnus. Il ne vient jamais personne chez moi. »

Elle a son sourire si beau, si triste. Les yeux fermés, je l'embrasse très fort et je m'en vais. Dans le tramway avenue du Parc, je suis plus malheureux que déçu. Pour les Geller, je deviens un étranger dans ma propre ville !

Vendredi, Jules Bazin tonne : « C'est ici, chers élèves, que l'empereur Napoléon s'écria : "Du haut de ces pyramides, quarante siècles vous contemplent !" » Anita et moi, nous nous regardons en riant sous cape. Encore lui ! Notre prof d'histoire de l'art se plie en deux pour tousser et les pyramides défilent sur son écran. « Sachez que l'art égyptien, mes amis, c'est surtout un art religieux. Des temples et des tombes. » Bruit sourd, c'est Derome qui se laisse tomber, qui fait le fou.

Notre Jules grogne son mécontentement, sort son mouchoir et en profite pour expectorer. « Un pays conquérant, l'ancienne Égypte, et cela jusqu'en Asie. C'est une contrée née du Nil, son grand fleuve; sans le Nil, pas d'Égypte. Admirez un splendide portrait du roi, roi qui se nomme pharaon. Voici Toutankhamon.» Noble Géraldine s'exclame: «Qu'il est beau!» Gros-Bassin a certainement un rendez-vous, les diapositives se succèdent à vive allure. Les pyramides défilent, dont l'imposante Khéphren, puis apparaît le Sphinx. «C'est bouleversant», chuchote Bouchard à Savoie, mais c'est le buste sculpté de Néfertiti qui fait se pâmer Patricia Ling.

Quinte de toux encore et nous voyons surgir des jarres de faïence, des cruches. «L'égyptien ancien est une langue qui vient de celles des Berbères et autres Sémites.» Je souffle à l'oreille d'Anita: «Je le parle encore un p'tit peu, le berbère!» Elle me donne une bourrade. Jules hausse la voix: «Mes amis, nous avons 26 lettres; les hiéroglyphes, eux, ont 500 symboles. Oui, 500! Oh, pauvre mémoire!» Nouvel accès de toux et: «Voyez la statue de leur dieu Amon, à Karnak. Une beauté unique! Ils croyaient que le cerveau n'était rien, un organe inutile, que le cœur était tout! Cependant, n'imaginez pas une nation ignare, car ils avaient des techniques de construction inouïes, construisant des bateaux en calfatant les planches des coques avec du papyrus. Ils avaient des médecins aussi et même des oculistes, des dentistes. Des musiciens, regardez, voici une fresque illustrant un festival de musique.»

Maître Bazin, mouchoir au nez, montre un autre pharaon et dit: «La fin des pharaons arrivera en l'an 31 avant notre ère et les Romains feront de l'Égypte une simple province. La belle Cléopâtre l'apprendra à ses dépens…» Soudain, notre bon Jules descend de sa petite estrade et va prendre les mains de Patricia dans les siennes, l'implorant de veiller à ranger son matériel, puis, à bout de souffle, court vers la sortie. Il a rendez-vous, c'est clair.

Quand nous sortons de l'école, rue Berri, sur le trottoir, qui est au bras du Jules? Une Néfertiti en chair et en os, la jolie dame aperçue à la dernière séance, sur de malencontreuses diapositives! Passant tout près du Jules, je l'entends lui dire: «Chère amie, allons nous sustenter chez Pierre, rue Labelle, c'est à côté, ensuite nous irons visiter votre nouvel appartement.»

Anita me souffle: «Hein, Casanova, ça t'en bouche un coin. Jules peut séduire!»

16

La révélation

La petite Morris verte de Tit-Guy roule vite sur Saint-Laurent, vers le Mile-End. Gaucher cherche une job dans un journal, comme caricaturiste. *Le Guide du Nord* lui aurait fait des promesses vagues, me dit-il, impatient de gagner des sous. Il veut quitter l'École du Musée. Il m'emmène à un rendez-vous : « Très urgent », précise-t-il. C'est un soir de pluie torrentielle, notre jeune caricaturiste chauve a du mal à conduire. Ses essuie-glaces fonctionnent de travers. Il en rit, l'intrépide, et m'explique enfin : « Joseph, mon copain juif, a vraiment insisté pour te rencontrer, je suis curieux de connaître ses raisons. » Il me raconte ce Joseph Bronfman, orphelin choyé d'un papa qui possédait un vaste entrepôt de pierres tombales boulevard Saint-Laurent. Ce Joseph veut me parler d'Anita. « Je te préviens, mon camarade d'école est un drôle de type, tu vas voir, un peu bègue, les cheveux très roux et, comme moi, précocement chauve. Il pratique un humour juif grinçant, tu verras. » Gaucher, naviguant tant bien que mal sous les trombes d'eau, me décrit encore Joseph comme étant un gai luron, un expert en farces et attrapes, un débrouillard, gâté par son parrain, un expert tailleur chez Liverman Inc. dans «le quartier juif de la fourrure», rue Ontario angle de Bleury.

La pluie s'est calmée un peu et on se dépêche d'entrer chez Schwartz's. Peu de clients, c'est rare. De bonnes odeurs de viande marinée nous assaillent. L'ultra-populaire charcuterie ne va pas tarder à se remplir quand les cinémas fermeront. Joseph y est déjà, affalé derrière une table du fond, il fait aussitôt de grands signes à Gaucher. Présentations. Le rouquin Joseph nous offre de ses frites très trempées de vinaigre, exhibe un énorme cornichon à l'aneth, puis siphonne le fond de sa bouteille de *root beer*.

Maintenant, Gaucher, très mal à l'aise, ne cesse de me regarder en silence alors que je demande encore une fois, une troisième fois, à Joseph Bronfman: «Tu es certain de ce que tu racontes?» La bouche pleine de cornichon, il lève les yeux au plafond, ouvre les bras: «Écoute, ces Gladstone, nos voisins, sont des gens très bien informés. Quel choc. Les oreilles me bourdonnent. Anita, à Auschwitz, une putain de quinze ans!

Je n'en reviens pas.

Bronfman, l'air malheureux: «Là, à te voir dans cet état, je ne suis plus certain d'avoir bien fait de te révéler tout ça…» Bronfman est penché vers moi, presque plié en deux, il a la voix sourde, des gestes nerveux. Assommé, je me lève, me dirige, le regard voilé, vers la sortie. Près de l'entrée, deux touristes chantent un air américain connu. Les mots du jeune Bronfman résonnent dans ma tête. Révélation effroyable! Selon ses voisins, Anita aurait été une des jeunes filles obligées de se prostituer à Auschwitz! Joseph a dit: «Madame Gladstone est un témoin crédible, elle est infirme à cause des expériences médicales pratiquées sur elle. Tu sais, notre voisine a mis du temps à nous révéler ce qu'elle savait. À cette époque, je m'attachais à Anita et elle m'aimait bien, c'était avant qu'elle te rencontre. La vieille handicapée, nous voyant si souvent ensemble, a voulu que notre famille sache la vérité. »

Je n'ai rien dit devant lui. Gaucher vient me retrouver près de la porte de sortie, j'endosse mon duffle-coat, il me prend un bras, je me dégage, me jette dehors sous la forte pluie. En peu de temps, mes cheveux dégoulinent. Il y a des éclairs qui illuminent le ciel du boulevard Saint-Laurent, puis c'est le fracas du tonnerre. Quoi, est-ce possible ? Ma belle Anita en putain soumise au bordel pour officiers nazis ! Je marche tout croche. Je suis atterré. J'ai mal partout. Je marche vers le sud, ma vue se brouille davantage, les phares des autos deviennent de puissants projecteurs qui m'aveuglent. Gaucher est resté avec son ami du Mile-End.

Vraiment perdu, j'avance d'un pas erratique. Je me bute à des passants pressés, tente de me retenir de pleurer. Le cœur me cogne, me fait mal. Trempé jusqu'aux os, j'arrive au coin de l'avenue des Pins, complètement désemparé. J'entre au 42, la porte de l'atelier n'étant pas verrouillée. À l'étage, Archambault s'affaire à couler de la glaise dans le moule de sa nouvelle sculpture. L'horloge du couloir indique dix heures du soir. « De la visite ou on vient faire cuire clandestinement de ses pièces ? » J'éclate en sanglots et Archambault lâche son bidon d'argile : « Voyons, mon p'tit vieux, il est pas arrivé un malheur chez vous ? » J'enlève mon imper dégoulinant. Louis :

« Quoi, qu'est-ce qui se passe ? Parle donc, une maladie grave chez toi ? »

Quelques semaines plus tôt, mon prof favori était venu à la maison. Blagueur, il avait dit à mon père : « Je tenais à rencontrer le chanceux géniteur de mon élève le plus doué. » Entrant dans le caboulot de papa, il s'était écrié : « Voilà donc le papa de notre futur Picasso de la glaise ! » Les deux hommes ont vite fraternisé. Papa offrant de son café : « Comme ça, jeune, vous habitiez boulevard Gouin ? C'était juste en face de notre ferme à Laval-des-Rapides. Oui, je suis un fils et un petit-fils d'habitants ! » Archambault avait examiné les paysages naïfs des murs du restaurant. Fier, papa lui avait raconté la visite récente du célèbre peintre Pellan et de ses amis, Tonnancour, Dumouchel, Giguère. « Savez-vous qu'ils ont eu l'air d'apprécier mes barbouillages ? » avait-il rigolé en s'allumant une pipée de son tabac Picobac.

Maintenant, assis dans le cagibi de Tit-Oui, me voilà hoquetant de peine. Louis m'offre une cigarette, me l'allume, me tend un verre d'eau, dit : « Je gagerais que c'est à cause d'Anita ? » Je fais un signe de tête affirmatif. « Ah, un premier grand chagrin d'amour ? Ta jolie Polonaise a rompu ? C'est ça ? » Mon silence. J'hésite à lui révéler le terrifiant secret.

Je finis par cesser de hoqueter. Je lui dis : « Pensez-vous que c'est possible ça, que des officiers allemands d'un camp de concentration aient forcé des adolescentes à se prostituer ? » Mon prof ne répond rien. Je l'ai vu faire une sorte de grimace triste. Il va donner un violent coup de poing sur un tour, me tourne le dos puis se dirige vers son nouveau moule à petits pas hésitants.

Mes larmes encore. Je regarde notre Socrate, muet pour une rare fois. J'ai une vague envie de vomir, une nausée. Vais-je dégobiller? Je finis par aller le rejoindre au fond de l'atelier. Il me grogne: «Est-ce Anita elle-même qui t'a raconté ça?» Je lui parle de Bronfman, de sa voisine, de cette Marina Gladstone: «Bronfman m'a conseillé de regarder si elle est numérotée sur un avant-bras...» Louis, aussitôt: «Bof! Numérotée? Ça ne veut rien dire, tous les Juifs des camps nazis avaient un numéro tatoué.» Il fait couler de son argile et ne dit plus rien, puis il va classer ses plaquettes d'émaux dans une boîte. Un long silence. Des éclairs illuminent les fenêtres, nouvelle phase de l'orage. J'éteins ma cigarette. Je lui touche une épaule: «Ce Joseph m'a dit aussi de vérifier si elle porte la marque *ZZ*. Ces deux *Z*, c'était pour le bordel d'Auschwitz.»

Archambault est songeur, il ouvre les mains, ne dit rien. Une nouvelle grimace d'impuissance, ou de compassion? Je m'apprête à quitter le 42, avenue des Pins quand il me dit: «Attends-moi, je rentre aussi.» Dans le tram Saint-Denis, je suis ailleurs, loin. Archambault, voulant sans doute me distraire: «Sais-tu que ton paternel est un fameux "peintre du dimanche"? Ah, oui, très doué dans l'art primitif, un peintre naïf tout à fait étonnant!» Je ne dis rien. Il me parle longuement du célèbre facteur Cheval puis du fameux douanier Rousseau. Il descendra à Jarry comme chaque soir. «Bon courage», m'a-t-il dit.

Je rentre chez moi avec des envies de crier, de frapper. Raymond ronfle, les bras en croix. J'ai mal partout. Me hantent deux lettres tatouées: *ZZ*.

17

Le bras gauche d'Anita

Tout s'est déroulé très vite. J'ai tenté d'abord de ne plus la revoir. De casser net notre histoire d'amour. Depuis la conversation avec ce Joseph Bronfman qui la courtisait, j'évitais les rencontres. Plusieurs jours sans même nous croiser. Aujourd'hui, je veux tout savoir, en avoir le cœur net, connaître la vérité. Trouver ainsi sans doute, me dis-je, l'explication de son silence sur ses années d'internement en Pologne.

J'ai peur.

Ma voix tremble un peu au téléphone. Il y a un ciné-club dans le grand auditorium de l'Université de Montréal au pied de la montagne. Je l'invite à voir le film, celui, très ancien, d'un cinéaste pionnier, Abel Gance. Elle a accepté avec, dans sa voix, beaucoup de joie. Ce film de Gance, *Napoléon,* a été tourné en 1927. Avec trois caméras! On y est. Avant d'entrer, Anita me demande de téléphoner au «fou de l'Empereur», mon voisin, le professeur Hudon. «Il sera excité au maximum, tu vas voir, et il va sauter dans un taxi.» Le fou de Bonaparte est introuvable, il n'est ni à son école, ni au restaurant de papa.

La salle est remplie. Toujours en appétit, Anita avale des raisins secs enrobés de chocolat, elle en offre autour de nous.

Projection terminée. Il est dix heure et dix. On vient de voir un film curieux, ambitieux, incroyable d'audace. Certains jeunes cinéphiles sortent déjà en vitesse quand les lumières de la salle se rallument. Il fait très chaud dans l'auditorium et Anita a relevé les manches de sa sempiternelle chemise de garçon.

Le choc!

J'ai bien vu son avant-bras gauche tatoué du maudit *ZZ!* Suivi d'un long numéro gravé sur sa peau avec une encre violacée.

Un grand choc!

On nous bouscule pour quitter la salle. Je m'enfonce dans mon fauteuil, je pèse mille livres. Anita se lève lentement, jette son blouson sur ses épaules, mais moi, effondré, je reste assis. La tête me tourne. Elle dit : « Qu'est-ce qui se passe ? Tu te vois pas ? Tu es tout pâle ! Es-tu malade ? » Derome s'amène dans notre rangée : « Venez avec nous, on s'en va à L'Échouerie discuter du Gance. Vous venez, Roméo et Juliette ? » Je finis par me lever : « Non, Gilles, demain, tu le sais bien, on a un examen. Je veux relire mes notes de cours avant de me coucher. » Je suis déboussolé. Je voudrais être ailleurs, loin, très loin. *ZZ…* ce *ZZ* tatoué… Je revois sans arrêt Joseph, l'ami de Gaucher, un certain soir d'orage chez Schwartz's : « Pour les femmes, il y avait la lettre *Z* qui précédait les chiffres, et pour les prostituées, c'était *ZZ.* »

Dans le bus numéro 29, Anita sort de son sac une esquisse, c'est un portrait de Gilles Derome. « Je te l'offre, cadeau ! Je l'ai fait de mémoire. » Rendu chez elle, rue Clark, j'ai mal au cœur, mal de tout. Mal d'elle, de moi, de la vie. J'ai d'étranges frissons, je me sens fiévreux. Elle me prend par le cou, ferme les yeux, mais je me dégage. «Tu ne m'embrasses pas?» Je bredouille: «J'ai un début de rhume, je crois, je dois y aller, on se reverra.» Elle s'étonne: «Tu as l'air bizarre, c'est la peur de cet examen, demain?» Je lui fais signe que oui de la tête et... je me sauve. Elle crie: «On se revoit quand?» Je ne veux pas crier: «Jamais!»

Je la fuis. Je marche très rapidement vers l'avenue du Parc. J'essuie mes larmes quand je descends du tram, coin Jean-Talon. Où aller? Je suis perdu. Quelque chose s'est rompu en moi. Aller boire à la Casa Italia? Non. Je rentre et maman m'accueille: «Je t'ai gardé une pointe de ma tarte au *mincemeat*, ta préférée.» Je ne dis rien. J'entre dans le salon, je plaque mes mains sur le clavier du petit piano droit. Fracas! Ma mère accourt: «Voyons, pas tant de bruit, les autres dorment, grand insignifiant!» Elle me fait une légère caresse dans les cheveux, s'assoit sur le banc à côté de moi et me dit à voix basse: «T'as pas l'air dans ton assiette, qu'est-ce qui se passe, c'est à cause de ta p'tite Juive, elle t'a pas plaqué, toujours?»

Je ne dis rien, je file dans ma chambre. Raymond ne dort pas, il bricole avec du balsa, du papier de soie et de la colle un modèle réduit d'avion. Un Spitfire. Ma mère m'a suivi, elle cherche à savoir: «Tu dis rien? C'est elle, cette Anita?» Je dis: «Laisse-moi dormir, veux-tu?» Je referme la porte de notre chambre. Raymond abandonne son Spitfire et se met au lit avec son *comic*, *Superman*: «C'est fatigant une mère, hein?»

Je me déshabille. Derrière la porte, encore elle: «Dis-moi pas, pour une fois, que c'est à ton tour d'être lâché, mon pauvre Don Juan?»

J'éteins la lampe. Raymond gueule et va la rallumer. Je me jette dans le lit mais c'est dans le fleuve que j'irais bien me jeter! Je prends mon oreiller à deux mains, j'y enfouis mon visage pour pleurer sans que mon frère puisse me voir.

Je ne réussis pas à me défaire d'une image qui m'anéantit. Anita à quinze ans au bordel des officiers nazis!

Elle ne vient plus faire du modelage au 42, avenue des Pins. Le dessin a gagné sur l'argile. J'ai sorti d'un port-folio ses esquisses. Une envie subite de jeter tout ça dans la fournaise de la cave. Dans son grand sac, elle traînait toujours un calepin à dessiner et partout où elle allait, elle le sortait. Elle avait croqué Gréco, son dur visage, aussi Lafortune et son sourire suave. Elle m'avait offert un sketch sur «le fou de Napoléon», une caricature très drôle. D'autres griffonnages: le prof de philo, Boyer, ses rides, son large béret basque, aussi le poète Gauvreau éructant ses borborygmes à la Swiss Hut. Un autre du jeune poète Gaston Miron haranguant ses dévots au carré Saint-Louis. Un, plus flou, de Miron avec son harmonica au creux des mains.

J'ai mal. Je ne suis pas bien du tout dans ma peau. Est-ce que je l'aime encore malgré ce tatouage maudit?

Pour le temps des fêtes de fin d'année, Lafortune, grand amateur de ski, nous a déniché un tout petit chalet, rue Patry à Sainte-Adèle. Juste derrière un *steak house* populaire, le Quidi Vidi. Il fait beau temps, une belle semaine de congé. J'ai appris par Guy Gaucher qu'Anita était partie encore une fois chez un ami de son père, loin, dans le New Jersey. Le soir, Lavoie et Lafortune font des aquarelles. Moi, triste, je travaille le projet d'une murale de carreaux de porcelaine décorés d'hippocampes stylisés.

Je ne vais pas bien. Je mange très peu. Mes compagnons de ski en sont inquiets mais ne me questionnent pas. Nous allons souvent au Red Room, un dancing très populaire sur la Côte Morin, sous l'hôtel Montclair.

Est-ce que je peux me passer d'elle à jamais? Comment le savoir? Je voudrais l'oublier. Au Red Room, beaucoup de jolies filles, de jeunes infirmières, des institutrices. Un soir, je danse avec une jolie noiraude sur *Nature Boy*, un *slow*. Je remarque que ma partenaire a l'accent d'Anita et elle me confirme qu'elle vient de Pologne, qu'elle se nomme Alice Poznanska. Elle a une voix chantante, claire, et sourit sans cesse. À sa table, je lui parle d'une certaine Juive de Pologne, de l'horrible ghetto pour les Juifs et de l'indifférence des Polonais. «Oui, je sais, on me l'a assez dit. Les Polonais, pourtant tellement catholiques, étaient presque tous antisémites.» Au retour d'une autre danse, je lui parle de mon père, des voisins, du chef nazi, Adrien Arcand, et de ses phalanges pas moins antisémites que les Polonais. Alice me dit: «Les catholiques du monde entier tiennent les Juifs pour les assassins du Christ!» J'entends encore papa à la cantine de l'Oratoire.

J'ai revu cette Alice le lendemain sur une des pentes du Chantecler et nous sommes allés boire un café à la cafétéria de l'hôtel. Elle me dit: «J'enseigne à des petits enfants dans une école arménienne. Saviez-vous, moi je ne le savais pas, que les Turcs auraient commis un génocide contre le peuple arménien?» Je l'ignorais. Je lui raconte: «Ici, dans nos Laurentides, au bord des plages, il y a eu d'odieuses pancartes. L'une affichait carrément: *NO DOGS, NO JEWS.*» Alice n'en revient pas. Elle finit par me dire qu'elle souhaite qu'on se revoie à Montréal. Je lui laisse entendre que c'est possible. Je prends note de son adresse, de son numéro de téléphone. Elle me donne un léger baiser sur la joue et nous sortons. J'éprouve une sorte de honte. Ce *ZZ* sur l'avant-bras d'Anita me taraude, me hante, me poursuit sans cesse et quand je suis seul, j'éclate souvent en sanglots.

18

L'idiot!

Anita n'existe plus pour moi. C'est fini. Ou du moins, je veux m'en convaincre.

Lâchement, je n'ai pas voulu répondre à ses nombreux coups de fil. Ma mère: «Ta p'tite Juive a encore téléphoné. Je lui ai répété ce que tu m'as dit de lui dire, que tu étais enfermé pour préparer ce gros décor de vitrine, mais c'est pas certain qu'elle me croie.» Maman me dit qu'elle ne veut plus être une menteuse. «Pourquoi tu ne veux plus jamais lui parler? C'est quoi au juste votre chicane, toi qui l'aimais tant?» Je ne veux pas lui parler du secret d'Auschwitz.

Un midi, accidentellement, j'ai croisé Anita alors que Derome et moi allions luncher au pied du mont Royal sous la statue de l'ange géant. En marchant, Anita dévorait des bagels encore chauds. Elle était accompagnée d'un camarade de son École du Musée, ce rigolo de Molinari, toujours vêtu d'une redingote usée. Ils s'en allaient à La Petite Europe pour fêter l'anniversaire d'un élève.

Pendant que Derome taquine l'homme au chapeau «huit reflets», Anita me tire par la manche et, le visage rougi, me souffle: «Enfin, je te vois! Qu'est-ce que je t'ai fait? Tu ne réponds jamais à mes appels, pourquoi?» Je mens : « Tu dois te souvenir de cette invitation à m'installer à Vaison-la-Romaine, en France, en Provence, eh bien, j'ai accepté. » Elle en reste comme pétrifiée, se retourne, regarde l'horizon.

J'entends rire aux éclats Gilles qui trépigne au milieu la rue avec le chapeau claque de Guido enfoncé jusqu'aux oreilles. Anita secoue la tête, elle a pris son beau et triste sourire. « Tu pars ? Tu vas t'en aller ? Tu vas t'exiler en Provence ? » Elle fait deux pas en arrière en bredouillant des paroles incompréhensibles. Elle me tourne le dos et s'en va tirer la queue du *morning coat* de Guido, ils s'éloignent tous les deux à grandes enjambées, tournent un coin de rue et disparaissent de ma vue.

C'est par l'ami Gaucher que j'apprendrai, plus tard, le déménagement des Geller. Du côté de Toronto. Samuel Geller, le quincaillier, s'y est déniché un meilleur emploi. « Ta belle Juive blonde, mon pauvre vieux, on la reverra plus en ville. Tu peux l'oublier à jamais. »

Il ne savait rien des raisons de notre séparation.

Au 42, avenue des Pins, Legault, Cartier, et même Patricia et Noble-Géraldine ricanaient : « Plus jamais la visite de ta jolie Polonaise à l'atelier ? C'est cassé, les amours ? »

Il n'y a que mon cher Archambault qui ne m'en parle jamais. Il doit se souvenir d'un certain soir d'orage et de ma question sur les jeunes putains des bordels dans les camps nazis.

Un jour, croisé au restaurant de papa, Hudon, le complaisant prof de ma sœur, me questionne : « Écoute donc, as-tu changé de blonde, l'artiste? On voit plus jamais ta p'tite Juive, ta grande flamme?» Ne pas répondre, ne rien dire. À personne.

Est-ce par délicatesse? Mes amis Lavoie, Lafortune, Lalumière ne m'en parlent jamais. Le prof Boyer, venu me voir bricoler des marionnettes dans un coin de la cave, fait l'inquisiteur: «Non, mais! Vas-tu me dire ce qui s'est passé au juste? Tu avais l'air en amour par-dessus la tête avec ta petite Polonaise!» Ne rien dire. À personne. Garder pour moi ce ZZ de malheur, ce sigle de jeune putain numérotée, internée derrière le pavillon pour officiers à Auschwitz et qui ne pouvait plus devenir «la femme de ma vie».

Je cherchais de l'apaisement. Parfois, j'allais assister à la messe à l'église Madonna della Difesa, rue Henri-Julien, à côté du parc Dante. Mon pieux papa en était un peu rassuré. Un temps, j'avais même songé à aller m'enfermer au monastère de Saint-Benoît-du-Lac pour y passer le reste de mon existence et réaliser des sculptures religieuses audacieuses, modernes. J'avais su par Géraldine Bourbeau, qui y allait souvent en retraite, qu'à ce monastère on ne craignait pas les innovations, qu'on admirait l'art de Matisse, de Chagall et même de Cocteau. Échappatoire de songe-creux?

Parfois, je rêvassais dans une autre direction: un jour, je voudrais m'établir, me bâtir un avenir, me marier et fonder une famille. Je me dénicherais cette «femme d'une vie», l'épouse fidèle, la mère de mes enfants. J'étais donc un jeune homme soumis aux diktats de ma tribu, du clan. Soumis aux traditions de mon petit monde. Pauvre stupide petit-bourgeois, me disais-je parfois.

Alors, il me prenait l'envie de lui téléphoner. Mais je résistais, je me raisonnais : Tu dois songer à ton avenir, mon vieux, à un avenir conforme aux tiens. Un avenir normal, heureux.

J'avais fini par avoir un beau diplôme… inutile. J'étais un jeune diplômé, mais chômeur.

Je m'étais présenté à une usine de céramique de Saint-Jérôme. Il n'y avait que des moules de bibelots en porcelaine sur un long tapis roulant avec des boyaux comme pour de la *gazoline*. Des adolescentes remplissaient ces séries de mignonnes marquises, de jolis chatons, de gentils chiens. «On n'engage plus personne, je regrette!» m'avait dit le gérant. Puis j'étais allé à Joliette chez Vandesca, une manufacture encore plus mécanisée qui produisait des services de vaisselle pour hôtels et hôpitaux. Le directeur, un certain Vanasse, ancien élève de Normandeau, m'avait dit : «Pas de place pour l'instant!» Enfin, j'étais allé à Sainte-Thérèse où un autre ex-élève du raide Normandeau, Aurèle Bouchard, avait conçu un magnifique service de vaisselle réalisé à partir d'argile locale. Il avait connu un beau succès commercial. J'avais déjà admiré, au magasin Morgan's, ses glaçures aux couleurs de pommes. J'y avais vu un four si grand qu'on pouvait y entrer debout. Là non plus, on n'engageait pas.

J'étais découragé. J'avais aussi demandé une bourse à Québec pour aller étudier à Paris – notre rêve à tous. Mais j'avais reçu une lettre de refus du «congédieur de

Borduas», le ministre de la Jeunesse, Paul Sauvé. L'ami
Derome, lui, avait obtenu la bourse, c'était un fils de
médecin connu, lui, et il avait terminé complètement
ses études classiques! Déçu, je m'étais dit: «Nenni, on
ne donne pas de bourse au fils d'un petit restaurateur.»

J'étais inquiet, tiraillé. J'avais même demandé à la
Chamber of Commerce de Pittsburgh, aux États-Unis,
des adresses d'usines de céramique. On m'avait expé-
dié cinq pages jaunes du bottin téléphonique. Stupeur:
comment choisir? Trop c'est trop. J'avais jeté ça au
panier.

Je rêvais donc mollement à un hypothétique bonheur tranquille. Et, toujours, ce *ZZ* me revenait, me ter-
rifiait. Toute jeune, Anita avait été souillée, salie à mort.
Je relisais les Évangiles, je me disais encore catholique,
et papa m'encourageait évidemment dans mon projet
de me faire «moine-sculpteur». Sa scie: «Tu serais logé,
habillé et nourri, débarrassé des soucis de la vie!» Nous
pouvions tout de même de nouveau communiquer un
petit peu mieux tous les deux. On aurait dit que j'avais
moins besoin de la bande. Je veillais très tard au resto
paternel au sous-sol. Souvent avec ce bavard incontinent,
l'oncle Léo.

Je disposais de la machine à enregistrer du prof
Boyer et j'avais promis une série radio à Jean Hudon,
sur Guitry et sur Bonaparte. Je jouais à l'intervieweur
contradicteur et taquin. Naïf, Hudon se lançait dans ses
tirades sur ses deux idoles. Mon père rigolait. C'était
cruel de ma part et je me haïssais.

J'engraissais. Je m'empiffrais de pointes de *pizz*,
de gâteaux Jos Louis, Mae West, Croquettes, j'avalais

café sur café, soir après soir. J'étais allé au cinéma Le Château, au coin de ma rue, pour voir *L'Idiot* avec ce cher Gérard Philipe. Dans ce film adapté de l'un de mes auteurs préférés, Fédor Dostoïevski, le grand Gérard était absolument envoûtant. Voilà que l'acteur raté, moi, je me suis mis à me prendre pour lui. Un vrai dédoublement ! Je déambulais un peu partout dans le quartier, le verbe allumé, prêchant comme l'acteur *la beauté, la bonté, l'amour absolu pour tous les hommes de la terre.*

Une vraie folie, les amis se moquaient de moi. J'affichais à mon cou une grande croix de bois que j'exhibais volontiers dans l'échancrure de ma veste de laine grise. En somme, je m'étais réfugié dans un nouveau personnage, assailli d'une étrange quête de spiritualité. J'étais cet acteur que j'avais voulu devenir un temps, un cabotin inconscient au romantisme saugrenu. Un mois durant, j'ai incarné dans tout Villeray une sorte de François d'Assise d'opérette, évangéliste délirant.

J'en ai perdu certains copains.

La réalité me fit abandonner cette pose loufoque. Je dénichai un emploi. À l'aube presque, avec mon petit lunch d'ouvrier, je descendais en tramway dans Griffintown, rentrais au Paramount Art Display, rue Williams. Je suais à mouler des bustes de papier mâché. Charly Bertrand, chef d'atelier, était un vrai Charlot, énergumène désaxé qui criait après nous à cœur de jour, inventant des décorations folichonnes pour les magasins audacieux. Dans un petit coin, un exilé russe, l'habile Alexis Chiriaeff. Il peignait un immense tableau à l'huile, un décor antiquisant avec des figures lascives, contrat pour un club privé chic de la rue Sherbrooke. Il me confia : « Ma femme, Ludmilla, une danseuse classique, va ouvrir son école et je lâcherai ce boulot insensé. » Moi, un reste de mon rôle dans *L'Idiot*, je tentais de prêcher la morale à une ouvrière aux grands yeux caramel, Janine, une délurée qui se laissait peloter par le gérant dans le séchoir aux lampes infrarouges.

Je voulais tant oublier les beaux yeux bleus d'une certaine dessinatrice de l'École du Musée... Au fond, j'étais mal dans ma peau. J'étais devenu un angoissé qui se rongeait les ongles. Mais quoi, une putain ! Il en allait de mon avenir...

À l'examen de sculpture, j'avais modelé *Les trois grâces, déesses grecques* – Amour, Beauté, Désir – sur le mode Henry Moore. Un montage d'argile, échafaudage vaguement cubiste. Normandeau en avait été horrifié : « C'est un affront à l'art. C'est raté, et vous devrez revenir en août pour reprendre l'examen. Trouvez un sujet, et pas de bidules abstraits, s'il vous plaît ! »

J'étais donc retourné à l'école, ce qui m'avait fait perdre mon petit salaire d'étalagiste. Cette fois, j'avais modelé un énorme poisson en grès, la gueule grande ouverte sur un petit Jonas mutilé. Normandeau l'avait accepté en grognant. Bof, j'avais fini par avoir mon diplôme.

Ma mère, découragée, gueulait : « Vas-tu te grouiller, ouvre le journal, examine mieux les petites annonces, grand flanc mou ! » Soudain, un miracle ! Louis Archambault au téléphone, la voix joyeuse, m'invite à aller le rencontrer. J'y cours. Louis venait d'apprendre qu'on cherchait un moniteur de céramique pour le Centre d'art de Sainte-Adèle.

J'ai rempli mon gros sac de l'armée, y jetant entre autres mes précieux livres de poche, dont deux Louis-Ferdinand Céline, *Voyage au bout de la nuit* et *Mort à crédit*, romans qui m'avaient envoûté, et dès le lendemain matin, je prenais l'autobus, gare du Marché Jean-Talon. Vite, les Laurentides!

J'étais heureux, sauvé. Le prof Hudon m'avait promis de venir plus tard en auto pour m'apporter du linge d'hiver. «Oublie surtout pas mes skis, Jean!» Ma mère, enfin, ne me houspillerait plus.

Anita s'estompait peu à peu. Quand je repensais à elle, je continuais d'imaginer le bordel d'Auschwitz, le sinistre défilé des officiers nazis dans son lit de jeune prisonnière. Rendu aux Pays-d'en-Haut, je l'oublierais enfin complètement. «Loin des yeux, loin du cœur»?

Au fond, je restais inconsolable et je me demandais combien de temps allait durer cette détresse, cette sorte de douleur sourde, comme un point au cœur, un couteau planté dans la poitrine, je craignais tant que cela dure indéfiniment.

Rue Morin, à Sainte-Adèle, la fille du vieux docteur Rochon, Pauline, se montra fort affable: «Le sculpteur Archambault vous a beaucoup vanté, aussi je vous engage avec confiance. Venez avec moi rue du Chantecler, je vais vous montrer votre atelier. Il y a une chambrette à l'étage. C'est une ancienne écurie mais on a aménagé la place. Il y a un petit poêle Coleman et, en hiver, l'huile à chauffage vous sera fournie gratuitement par l'hôtel. Vous y serez très bien.»

Il y avait là un peu d'argile rouge, aussi un tour de potier devant l'unique fenêtre. La directrice: «Vous recevrez votre four très bientôt, c'est promis.» Je suis monté par une échelle pour voir ma chambre. Un petit lit de camp, une commode à trois tiroirs, une chaise, une fenêtre en lucarne très étroite.

Une vie nouvelle allait commencer. Je le voulais.

19

En guise d'épilogue

J'ai passé huit mois à Sainte-Adèle, comme prof de poterie et de modelage. De septembre à avril, huit longs mois à végéter dans une ex-écurie vaguement transformée en atelier. J'ai eu cinq élèves au début, et puis trois, puis deux. Puis... aucun! Au début de décembre, pour manger, je suis allé me faire engager comme plongeur, là où la vaisselle sale ne manquait pas, au grand hôtel voisin en haut de la côte.

Au printemps, je revenais en ville. Impossible de me trouver du travail rémunéré en céramique, je l'ai dit, dans nos rares usines d'ici, malgré mon beau diplôme. Les jours ont passé, les mois ont défilé, les années aussi. Et puis, un matin très froid de fin décembre, avec mes deux «vieux» comme témoins, je suis allé dans une chapelle de l'église Saint-Ambroise, rue Beaubien, pour épouser une jeune actrice de radio.

Courte cérémonie devant un vicaire endormi et contrat *religieux* avec une jolie brunette au minois à la chinoise, Louise. Je l'avais rencontrée à un concert gratuit en plein air au sommet du mont Royal. Coupable de l'avoir mise enceinte, mon sens des responsabilités m'avait donc conduit à cette sombre chapelle, rue

Beaubien. J'avais d'abord déniché, rue De Lorimier, un logis pas cher, l'ex-bureau du directeur des Compagnons de Saint-Laurent, le père Legault. Sa communauté avait aboli cette compagnie si vivante et Legault était devenu relationniste pour l'oratoire Saint-Joseph.

Maintenant, il y a un joli bébé blond qui babille à l'étage du logis paternel où nous vivons, nous l'avons baptisé Éliane. Hier, le voisin épris de Bonaparte et de Guitry, Hudon, est venu offrir à ma petite fille – *enfant du péché* selon les commères – une jolie poupée de chiffon. Je gagne ma vie comme moniteur de peinture auprès des enfants des centres récréatifs. L'été venu, j'enseigne dans les terrains de jeux. J'aime ça. J'aime les enfants.

J'ai revu ce René Verne, frais engagé pour la télé naissante, et il m'a encore promis de diffuser ma *Rue de la liberté.* Je viens de vendre au très populaire Le Petit Journal une longue nouvelle inédite, « La route est un ruban ». Cinquante dollars. J'ai installé dans un coin de la cave, derrière la gargote de mon père, un petit four de ma fabrication. J'y fais cuire des pendentifs « À vendre pas cher ». J'ai aussi placé un nouveau conte radiophonique, « Attachez donc votre âme », aux *Nouveautés dramatiques* de Guy Beaulne.

En bas de chez moi, chez mes parents, il y a au salon, un téléviseur en noir et blanc, loué chez Rediffusion. On y va parfois, les images ne sont pas toujours claires, il neige souvent dans cet écran.

Chez Pedro, repaire de jeunes bohémiens, j'ai fait un petit spectacle de marionnettes à une fête en l'honneur d'Armand Vaillancourt croisé quelques mois plus tôt rue Saint-Vallier, lui, ciseau et maillet en mains, qui sculptait dans un gros tronc d'arbre mort debout, et des badauds qui se moquaient de lui en passant. J'y ai revu cette Alice rencontrée au dancing Red Room de Sainte-Adèle. Elle accompagnait un ami, un journaliste, géant blond de type Viking, Jacques de Roussan, qui m'a promis de visiter mon expo dans le hall du Gesù. Des fusains. Des portraits de femmes. Il n'y a aucune blonde.

Alice est heureuse. Elle a étudié en droit criminel, rêve d'écrire un premier roman. Elle fréquente un diplômé en administration du nom de Parizeau. Elle me révèle des faits nouveaux. La vérité cette fois? Elle serait juive de confession sépharade, et toute jeune, à Varsovie, elle aurait fait partie de la Résistance.

Je lui reparle un peu d'une autre Polonaise, Anita, plus jamais revue. Elle me demande pourquoi notre aventure amoureuse s'est terminée, et je n'ai pas trop su quoi lui répondre. Ma honte? J'ai bafouillé, lui disant que cette Anita est allée vivre avec son père du côté de Toronto. Loin des yeux, loin du cœur? Cadenassé, mon secret!

Il y a quelques semaines, j'ai reçu une grande enveloppe brune avec un timbre de l'Ontario. Anita m'avait posté chez mes parents ce grand dessin: moi, caricaturé en frénétique danseur de boogie-woogie et grimpé sur un canasson. Elle y a mis aussi un moulin à vent. Moi en Don Quichotte, pour rire, à cheveux longs et collier de barbe. Elle a écrit aussi au crayon rouge: «Une vue des buttes de sable de Pointe-Calumet.»

Il y avait *des nénuphars que l'on émiettait avec nos bras, avec nos jambes.*

J'ai eu mal.

Derrière son dessin: «Ma deuxième mère, tante Helena, vient de mourir. Je ne sais toujours pas danser et toi, tu as disparu bien subitement!»

Ça m'a fait très mal.

Mais il y a bien plus grave. Hier, pour des pinceaux, je suis allé chez Omer DeSerres, rue Saint-Denis, coin Sainte-Catherine. À côté du magasin, dans la vitrine de la galerie Morency, j'ai vu un grand tableau de Jean-Paul Lemieux avec, au premier plan, une femme seule, debout dans l'hiver, qui ressemblait beaucoup à ma jolie Juive, ma Veronica Lake à moi. Présage de ce que j'allais apprendre, car chez DeSerres, je croise l'ami Gaucher. Tit-Guy m'annonce qu'il a été embauché comme graphiste à la neuve télévision publique.

Nous sommes allés boire un café au Select, un grand resto genre cantine bon marché ouvert jour et nuit et où la bohème montréalaise aime traîner.

Au deuxième café, nerveux: «Faut que je t'en parle… Tu te souviens de mon ami Joseph Bronfman, que tu as rencontré un soir, chez Schwartz's? Il m'a confié que madame Gladstone, sa voisine handicapée, lui a avoué avoir inventé cette histoire d'Anita dans un bordel nazi.» Le coup au cœur! Je me lève, je me rassois, je me relève, je me rassois. Gaucher continue: «Le Joseph m'a dit que cette voisine Gladstone détestait viscéralement les Geller. Leur impiété, en particulier. Elle espérait que Joseph cesserait de vouloir fréquenter Anita. Il m'a avoué avoir forgé lui-même cette affaire des deux Z. Parce que, dans les camps, souvent, on recommençait la lettre Z mal tatouée.»

J'étouffe. Gaucher, secoué de me voir dans cet état, me prend le bras, le serre. Très navré, il m'offre un autre café. Je me lève, étourdi, désemparé. Une envie de crier. J'ai quitté le Select aussi vite que j'ai pu et je suis allé me planter devant le tableau de Lemieux tout enneigé. J'avais tellement mal au cœur.

L'Anita du Lemieux me regardait avec son si beau et si triste sourire dans la vitrine de Morency. Je me suis dit que le mal existait. Vraiment. Que le mal était une réalité.

FIN

Table des matières

Suivez-nous :

Achevé d'imprimer en février deux mille treize
sur les presses de l'imprimerie Gauvin,
Gatineau, Québec